川

人

PAST EVENTS
OF WRITERQUCHUAN

人生的川流

作家渠川的往事

生

曹凌云　著

北方联合出版传媒（集团）股份有限公司
春风文艺出版社
·沈阳·

流

的

《人生的川流》入选 2022 年温州市文化艺术发展基金项目

《人生的川流》创作委员会

主　任：杨明明

副主任：姚宏越　曹凌云

成　员：胡芳芳　金晓敏　紫　苏　渠　琦

　　　　陈天佑　孟芳芳　李金祥

作者简介

　　曹凌云，1968年8月出生，温州市人。1999年从事文联工作至今，现为中国作家协会会员，浙江省散文学会副会长，温州市文联党组成员、秘书长。在国内有关报刊发表散文、纪实文学三百余万字，作品多次在各类比赛中获奖。出版有个人散文集《纸上心情》《心灵说话》《乡尘》和长篇纪实散文《舅舅的半世纪》《走读瓯江》（入选浙江省作协2016年度优秀文学作品创作扶持项目）、《海上温州》（入选中国作协2018年度定点深入生活项目）、《生为赤子》（入选2021年浙江省文化艺术发展基金项目）等。主编有《明人明事》《雁山瓯水》《一叶的怀念》《温州民间文化丛书》《温州作家记忆》等。

目录

人生的川流

一

渠川的家世

一、渠川的家世

读过长篇小说《金魔》和《官痛》的读者，不难发现在国难当头、社会动荡的清朝末期，那种官官、商商、官商、父子、夫妇之间错综复杂、互相倾轧、唯利是图的关系，同时也不乏商人的大义气节、为官者的奋发图强和匹夫的临危不惧。作者渠川，祖籍山西祁县，曾祖父渠源浈是祁县有名的票号财东，祖父渠本翘是山西著名的早期实业家，他以曾祖父、祖父辈的经历为原型，在《金魔》和《官痛》中，成功塑造了票号财东沮源潢、内阁中书沮乃翘等人物形象，描绘出一幅纷乱、诡奇的晚清社会图景。

我与渠川先生是忘年交，多次听他漫谈自己的家史，他谈曾祖父、祖父和父亲，以及他们在商场官场中的无常人生和大起大落中的人间冷暖。从他的叙述中，我仿佛听到了渠家几代人的悲欢曲。

（一）

渠川的先祖，于明朝洪武元年（1368）从山西长治上党一带迁到晋中的祁县，在祁县长住并以经商为业。从经营茶叶到创办茶庄，从贩运食盐到开设票号，渠家慢慢积累起大量的商业资本。到了渠川曾祖父渠源浈这一辈，渠氏家族的商业进入全盛时期，达到了顶峰阶段。

渠源浈，字筱州，号龙川，自幼聪明好学，因父亲早逝，辍学主持家业。经营票号以来，他诚信为本，洞烛先机，知人善任，精明能干，咸丰十年（1860），他和本族兄弟创办了百川通票号；同治元年（1862），他又与本族兄弟创办了存义公票号，同时独资创办了三晋源票号。他家业日隆，成为大票号商，被当地人称为"旺财主"，是山西票号业中著名的资本家、最早的实业家。到了清光绪年间（1875—1908），渠源浈三家票号所拥有的资产，根据《清稗类钞》等传闻，在山西票号里名列前茅，共拥有三百万至四百万两白银。实际上远远不止这个数，但到底有多少，应该是个永远的谜团，因为票号里的资产详情对外是保密的。票号亦称票庄，出现于清道光元年（1821），是我国银行的萌芽形态，在金融业和商品经济的发展史上有着举足轻重的作用。票号多为山西人开设，以平遥、太谷、祁县三帮势力为主。

渠家大院

渠源浈在光绪元年（1874）捐资而得员外郎，并在刑部广东司做了一年半的"实官"。渠川曾在故宫的档案中，查到曾祖父值夜班的签名和亲笔写的请假条。在刑部广东司，他被大司寇桑文恪所赏识，与同事杨深秀（后来成为"戊戌六君子"之一）、刘笃敬（后来成为著名的爱国实业家）关系甚好，还与一些刑律专家一起精研律义，颇有心得。但是，他并不是真想做官，只是见识见识官场的情形，同时躲避一下灾荒，况且，他也感知到清政府无能、吏治腐败、军队废弛、民生凋敝，再加上当时列强环伺，等到时机来了，他还是第一时间辞官回归故里，继续走他的经商之道。

　　光绪六年（1880），边疆局势紧张，清政府筹集军费准备同俄国开战，晚清名将、山西巡抚曾国荃督办山海关防务。那时哪个省出兵就哪个省出钱，曾国荃就请渠源浈出资。渠源浈慷慨解

渠家大院内景

囊，为曾国荃办过"饷糈事"。（渠川在《金魔》中写沮源潢为曾国荃垫出银子设立兵站买枪买炮和发军饷。）结果因为清军备战做得好，俄军没敢来。光绪七年（1881），张之洞上任山西巡抚，驰书邀请渠源潢相见，他与张之洞"纵论当世事"，张之洞甚为叹服，要他"留襄庶政"，他婉言谢绝。（渠川在《金魔》中写张之洞要沮源潢出钱办工厂，他回绝了。）另外，坊间有这样的传说，

渠川祖父渠本翘

辛亥革命期间，阎锡山任山西省军政府都督时，财政困难，曾托人向渠源潢要求资助，渠源潢借给他三十万两白银。这些事实和传闻，足见渠源潢是一位有魄力胆识、决断远见的富商巨贾，而且社会地位显赫。当地还流传着一句俗语："旺财主，有眼力，赚钱不钻钱眼子。"

然而，渠源潢对待家人却是十足的家长作风，独断专行。他见长子渠本翘寒窗苦读，学业大进，一心为功名，走向仕途，就极力反对。渠源潢很了解官场，看透朝廷的冷酷、官场的无情，他想要渠本翘继承他的票号生意，实实在在地做个大商人。渠本翘对做生意毫无兴趣，听见噼里啪啦的算盘响就头疼，不想像父亲那样一天到晚只会算钱。他违抗了父亲的意愿，一心读着圣贤书，走科举之路，努力跻身官场来实现自己的人生理想。于是，渠源潢、渠本翘父子俩就"从商"还是"求官"两种思想观念和人生道路，发生了激烈的冲突，也打破了渠家大院里的宁静。儿子违背了父亲的意愿，应了县试、府试，都取得了好成绩，却激起了渠源潢不可遏制的愤怒。

在渠川十五六岁时，有一天夜晚，他的父亲渠晋钰忽然跟他

5

说："知道吗？爷爷是被太爷爷赶出去的。"这使渠川大吃一惊，不解地问："只有不孝子才会被父亲赶出家门，像爷爷这样好的人，怎么会被赶出家门呢？"父亲很坦率地说："爷爷要追求功名，太爷爷不让。"这件事一直在渠川心上环绕，到了20世纪80年代，他以曾祖父与祖父在"念书"这个问题上发生的矛盾以至决裂为主要线索，写出了我国第一部反映票号的长篇小说《金魔》。

（二）

　　渠川的祖父渠本翘，原名本桥，字楚南，天资聪颖，手不释卷，不到二十岁便博经通史。由于热衷科考进学，遭到父亲的极力反对，他从小就与外祖父乔朗山亲近。乔朗山是当地名儒，曾做过知县，是个举人，家中设有私塾，渠本翘在外祖父的私塾中得到良好的教育。光绪十一年（1885），渠本翘中了秀才；光绪十四年（1888），他在乡试中一举夺魁，中了解元；光绪十八年（1892），他进京参加殿试，得了进士，为三甲第四名。"学而优则仕"，皇帝亲自赏官，任他内阁中书，开启了他漫长的仕途。

　　巍峨的紫禁城，对于渠本翘来说是个神秘的殿堂，内阁的主要官员为大学士，显得威严而庄重。六部和各省的题本到达内阁，先要"汉票签房"，就是由渠本翘这些"中书"先看，代大学士写批语，所谓"拟写票签"。不过他们只是"草签"，还要由侍读改成"真签"，交给内阁学士、大学士审阅，再翻译成满语，然后送到乾清宫内奏事处，才能"恭呈御览"。内阁中书虽然是个小官，但上朝不用走天安门，和王爷大臣一起进东华门，还可以挂朝珠，跟翰林一样。还有，内阁跟翰林院一样，上下级不称堂属，而称"前辈""后辈"，这是很"雅"的称呼，使渠本翘觉得自己像是"半个翰林"。他的老师就告诉他，做内阁中书也不错，不比各部"主事"差。渠本翘衣冠楚楚，锦绣飞扬，感觉无比地荣耀。

渠本翘不久考取了总理衙门的章京，到外务部做了"额外主事"，为他以后成为驻日本横滨的总领事做了准备。

渠川在故宫的档案里，查到了祖父的笔记和入值的记录，看得出祖父每天早早地入值，"夜值"时带着行李到内阁去睡觉，兢兢业业。京官每三年有一次"京察"，对官员进行考核，不勤政就不能升官，祖父既然走上这条路，就要尽心尽力、呕心沥血地走好。

很自然，渠本翘认识了许多上层人物。他见过慈禧太后、光绪皇帝，他是晚清著名政治家翁同龢的门生（渠本翘当年会试的总裁是翁同龢），他还与李鸿章、徐会沣等众多大臣有过交往。他常去南海会馆听康有为谈变法，康有为大谈清朝的现状、未来和自己心中的理想，谈到悲伤处，声泪俱下，说到激昂时，眉飞色舞。他从没听过这些见解和思想，也没见过康有为这样充满爱国激情又有很多新知识的人。在后来被称为"戊戌六君子"的六位志士中，杨锐、林旭是渠本翘的同事好友，杨深秀是他的老师（杨深秀是山西人，在太原崇修书院担任山长时，渠本翘是他的学生），谭嗣同、康广仁与他交情不薄，他很佩服、推崇他们，希望他们能做出惊天动地的事业来。

光绪二十四年（1898）4 月，康有为和梁启超在京城发起成立保国会，得到光绪皇帝的支持，同年 6 月 11 日，光绪皇帝颁布了"明定国是"诏书，戊戌变法正式开始。这让渠本翘热血沸腾，他跟着康梁奔走，为维新呼号，也给予他们资金上的帮助，他多么想中国也像日本那样变法成功，使中国强大起来。可是，资产阶级维新派究竟敌不过以慈禧太后为代表的顽固派势力，戊戌变法没有成功。康有为、梁启超逃往日本，翁同龢因力主变法被革职，官场大变样，到处是肃杀之气。更可悲的是，"戊戌六君子"抱着未遂之志死在刑场，造成了惊人的惨案。后来据渠本翘的贴身仆人福尔回忆，谭嗣同被捕的前晚，到过渠本翘家，可是渠本翘不在家，谭嗣同没有等候就匆匆走了。

戊戌变法遭到镇压后，京城再没人敢发声，一切归于平静。渠本翘照常入值，幸亏没人找他的麻烦，也没人说他是"康党"，这是多么侥幸的事情。这可能跟慈禧太后有谕"官绅中被诱惑的人不深究株连"有关。他目睹了戊戌变法的失败，那些中坚力量死的死、逃的逃、革的革、谪的谪，他感到压抑、郁闷、悲伤、气愤，说不出的百千烦恼直攻心窝。

紧接着，义和团运动爆发，仿佛在一夜之间，京城满街都是红头巾、红兜肚、红带子，三五成群的拳民（义和团原称义和拳）拿着大刀在胡同里跑着，又自称有神功护体、刀枪不入、"扶清灭洋"……渠本翘和义和团一样，痛恨洋人，但他不赞成"杀洋人"，他感觉到义和团的愚昧，这跟变法完全是对立的。他心里充满对未来的迷惘和悲楚。就在他愁肠百结的时候，八国联军攻入了北京，慈禧太后和光绪皇帝一路西逃，经历了万千坎坷，来到了山西。渠本翘也风尘仆仆地追赶到山西，他愿意在皇帝身边随时为皇帝做事。后来他又追随着皇帝到了西安。

义和团运动在清军和八国联军的围堵中很快失败了，然而，意想不到的《辛丑条约》更像是头顶上的一记闷雷，打得他头晕目眩。渠本翘心里还记挂着变法的事，他想到日本看看，为什么日本能变法成功。

义和团跑过的京城，八国联军踏过的京城，面目全非，惨不忍睹。慈禧、光绪逃亡一年后回到北京，残局究竟如何收拾？渠本翘思绪杂乱，仍感前途茫茫。有一天，文武百官都集合在永定门下，他们朝衣朝帽，迎接太后和皇上。腊月了，天气很冷，寒风中，大家都有一种劫后余生的感觉。渠本翘见到不少熟人，一一打过招呼拱过手。"想离开内阁吗？"内阁的一位好友问他。渠本翘已在内阁待了十年，也该动动了。"想去哪儿？"好友追问。"日本。"渠本翘突然说。"日本？你想当'鬼使神差'吗？"好友吓了一跳。"鬼使"就是到"鬼子国家"当使臣。"我想看看明治维新后的日本。"他说。"不怕人家说你是二毛子？"好友问。义和团在京时，把跟洋鬼子打交道的人叫成"二毛子"。渠本翘说："日本在维新后跻身于世界强国之列，打败了我们，北洋水师全军覆没，我们割让了辽东半岛和台湾，还赔了那么多白银。我们不去学习哪能行？"他说到这里，太后和皇上到了，大家齐刷刷地跪下，而他的心里有着难言的悲酸。

在长篇小说《官痛》里，渠川以祖父的经历为原型，塑造了忧国忧民、思想开放、主张维新却又优柔寡断的内阁中书沮乃翘

渠本翘（抱小孩者）与子女合照

在官场十年的故事。渠川说,我写《官痛》仍是按着《金魔》的写作路子,大的方面与家史一致,但又不是家史,而是小说。

(三)

光绪二十九年(1903),渠本翘以外务部司员的身份任驻日本横滨领事。横滨是日本的国际海港都市,横滨港被称为"金港",有大量的西洋建筑,各国大使都在那儿,中国领事馆也在那儿。一些日本官员和学者提倡"文明开化"、学习欧美技术、发展教育事业,给渠本翘耳目一新的感觉,他对横滨的新奇事物很感兴趣,学到了许多新知识,开阔了眼界,思想也更加新潮了。

渠本翘也了解到日本的明治维新不是一帆风顺的事,还经历过战争,在激烈的内部斗争过后,成功树立了一致的、寻求变革的理想。明治维新之后,日本更加积极地向欧美学习文化教育,通过一系列改革,完成了政治、经济、文化、军队、科技等方面的变革,由此进入帝国主义阶段。这是中国寻求发展、进步最需要借鉴的经验。

次年2月,风云突变,日俄断绝了外交关系,弥漫起浓重的战争烟云。渠本翘担心日俄战争爆发回不了国,同时又收到"弟弟生病"的家书,就向朝廷要求并获批回国了。

渠本翘回国后正值清政府废科举,兴学堂,他就到山西大学堂当监督(校长),并与乡绅商定,在老家祁县的昭馀书院(祁县古称昭馀)旧址创办祁县中学堂,并附设蒙养学堂。他亲自制定学校章程,不惜重金延请优秀教师,为学生设立奖学金,他把自己所捐巨资和筹集到的款项存放在票号以求生息,供学校开支之用。

渠本翘在日本的时间虽然不到一年,却让他明白了教育的重要性、工业的重要性。他得知官办的晋升火柴局濒临倒闭，就与一个朋友合资，各出白银五千两收购，改名为双福火柴公司，用西方的生产技术和管理方式，让公司的生意日渐红火。渠氏控股的双福火柴公司，就是后来的平遥火柴厂的前身。

山西煤炭、铁矿资源极其丰富，素有"煤炭之乡"之称，帝国主义对其觊觎已久。光绪二十三年（1897），腐朽的清政府与英帝国相勾结，将盂县、阳泉、平定等地的煤矿铁矿开采权出卖给英商福公司，期限为六十年。消息一传出，三晋人民群情激愤，纷纷集会抗议，商人罢市，学生罢课，上街游行，一直到光绪三十二年（1906），山西人民保矿运动愈演愈烈，在太原出现数万人的大游行，还包围了巡抚衙门。

渠本翘不甘心矿产被洋人所掠夺，也不怕与洋人做斗争，在太原各界和群众集会上发表演说，宣讲爱国保矿，使保矿运动达到了高潮。由于不懈的抗争，英商福公司在重重压力下，不得不同意交出开采权，由山西人民赎回自办。经过几番谈判，确定赎矿金额二百多万两白银，并在一个月内交付一半。如何筹集赎矿资金？渠本翘主动承担起筹款重任，他向家乡的票号财东发出筹款倡议，得到了积极的响应，大家共同出资，最终从英商手中赎回了矿权。山西人民的保矿运动取得了胜利，成立山西矿务保晋公司，这是山西第一个半机械化的近代煤矿公司。渠本翘以"人品财产合格之至""深孚众望"，被推举为保晋公司首任总经理。

宣统元年（1909），清政府先任渠本翘"三品京堂候补"，后又授其"典礼院直学士"（正二品）之衔。但是，由于帝国主义的入侵和近代银行、邮局的出现，山西的票号走向衰败，加上为赎矿竭尽所能，渠家票号惨淡经营，元气大伤，进退维谷，也使渠本翘对矿务经营心灰意冷。但是渠家有丰厚的底子，仍是富甲一方。

宣统三年（1911），辛亥革命爆发，推翻了清朝统治，推翻了封建势力，然而胜利的果实被袁世凯等人窃取，次年3月，袁世凯担任临时大总统。此时，虽然春风和煦，海棠花盛开，但清朝的那些官员、所谓"遗老遗少"的宅院里，笼罩着恐怖的阴云，谣言四起：新政权要清除清官，三品以上的全部杀头。他们害怕极了，带着金银财宝和家眷用人纷纷逃到了天津。天津与北京近在咫尺，是八国联军的租界，算是安全的地方。渠本翘派人预先在天津英租界租了一幢小别墅，也举家迁往天津避难。不久，渠本翘接到袁世凯的邀请，请他出任民国的官员，他回绝了。他与袁世凯相熟，对袁没有好印象。他跟身边的人说：一奴不侍二主，我是清朝的"奴隶"，就不会为第二个主人服务，袁世凯就算给我高官，我也不干。后来，他又得知袁世凯想当皇帝，就忍无可忍在《大公报》上发表文章，大骂袁世凯是"窃国大盗"。

渠川想把祖父这一段经历写成另一部长篇小说，他认为这些故事构成祖父精彩的人生，也是祖父生命中最关键的部分，祖父把"变法"付诸实施，用实际行动践行康有为变法中的精髓。正因为祖父经过这些事，才成了山西有名望的人。渠川于2011年开始搜集材料，准备完成他的"家世三部曲"。但不久，渠川的妻子周玉华得病住院，且一病不起，渠川自己也已年迈，精力不济，终未能写出他的第三部长篇小说，这成了他永远的遗憾。

（四）

由于清王朝退出了历史舞台，与朝廷纠缠太深的票号损失惨重，同时，现代银行的迅速兴起，更给票号带来灭顶之灾。渠家在祁县的票号走向末路，几位掌柜也陆续离职，渠源浈见票号生意再无回天之力，只得整合了多家票号，勉强维持着三晋源。

影小畫讀樵庸臺底

壬子七月初十日紀念

渠本翹背影

渠本翘在天津未再入仕，致力于收藏和著述，成为一名地道的文人，但见渠家的经济状况已一落千丈，也不免心绪不宁，经常借酒消愁。渠家在天津的日子并不恬静祥和。民国八年（1919）4月，渠本翘在赴友人酒宴时突然晕倒，猝然去世，时年五十八岁。在天津的山西同乡特感惊讶与惋惜，为他举办了一场被当时天津媒体称为"近乎国葬"的葬礼。这事在20世纪90年代还有人撰文谈论，渠川在天津的报纸上看到过。

再说民国八年，远在山西祁县的渠源浈在《大公报》上看到了儿子去世的消息，顿时觉得五雷轰顶，便病倒在床，于次年春去世，终年七十八岁。

渠家的顶梁柱相继轰然倒下，还在上海圣约翰大学念书的渠晋铨，渠家的长子长孙，就要撑起这个家了。渠川的父亲渠晋铨，字铁衣，母亲翁之菊，是翁同龢家族的后人，他们都出生在北京，成长于天津。渠晋铨突然要当家，而且要成为三晋源票号的新东家，一点思想准备都没有，他还做着大学毕业后去美国留学的梦呢。

渠晋铨中断了学业，含悲送别了父亲，"守孝"期间与母亲一同到了山西，安葬了祖父。在山西，他知道三晋源地下银窖里还埋着三百万两白银，决定全部挖出来调到天津，还要卖掉建筑面积数千平方米的渠家大院，把所有财产转移到了天津，不准备再回祁县了。

渠家大院现在已是祁县的一大景点，五进式穿堂院，宏伟庄重，错落有致，而对于当时的渠晋铨来说是陌生的，并没有感情。他喜欢天津大都市的环境，觉得洋房有抽水马桶和制暖、制冷设备，住得舒心。渠晋铨回到天津，与两位还在读书的弟弟商量后，雇了一名掌柜，继续沿用三晋源之名，开了一家小票号，把剩余钱财除了存在外国银行生息外，还在天津马场道盖了一栋三层的西式大洋楼和花园式大院。此大洋楼由比利时建筑师设计，别具匠心，富丽豪华，可惜在1976年那场大地震中有所损坏，被修建为三层居民楼，至今还保存着，位置是浙江路25号。渠川写完《金魔》之后，到天津故地重游，世事沧桑，他见大洋楼的外观已面目全非。

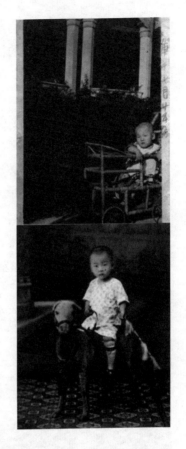

一周岁的渠川

童年时的渠川

民国十八年（1929）6月，渠川出生在这栋大洋楼里。渠川至今还记得大洋楼的一楼全是大大小小的客厅，玻璃屏风，红木座椅，西式沙发，非常讲究，大客厅可接待往来贵客，可跳舞演戏。二楼三楼的回廊、立柱、栏杆、檐壁等，由雕花构件组成，各式各样的雕花图案时尚精美。大院围有高墙，院子里有碧绿的草坪和艳丽的花草，有露天的戏台，逢年过节请戏班演戏时，戏台前要摆许多桌酒席。在20世纪二三十年代的天津，这无疑是第一流的建筑。房子虽大，住的人也多，除了渠家的人，还住着许多亲戚和用人。

有人说这大洋楼像个宫殿，渠晋铧听到后颇为得意。大洋楼建好之后，正赶上渠晋铧的祖母八十大寿，他就借机在大洋楼里办了一个堂会，把当时许多有名的京剧演员请来，其中有梅兰芳。宴会上来了一批批的贵人、亲友，请来的演员演出助兴，堂会办得体面荣光，不知道要花多少钱。

　　那家小票号坚持到民国二十四年（1935），最后还是歇业了，这种结局，是票号的一个必然，但三晋源票号是晋商经营时间最长的三大票号之一。第二年，渠晋铧三兄弟分家，他们把大洋楼卖给一个外国人，各自分到一笔可观的钱后都去租房子住。大弟弟不久去美国留学，原来渠晋铧也要去美国留学的，可是按照中国的礼教，他只能为这个家牺牲自己。当时渠晋铧还不到三十岁。

　　渠晋铧租了一栋别墅，花重金进行了一番装修，却只住了一年，搬出来又去租住一栋新盖的三层楼房。渠川记得父亲独睡在

渠晋铧（左三）兄弟姐妹在天津大宅的合照

二楼一个大房间，叫起居室，一日三餐也在起居室就餐，中午为西餐，晚餐要吃山西饭或日常的饭菜，在星期天让一个孩子陪他吃一次。他有多名用人和专门的厨师。他每天起床很晚睡得也很晚，渠川上午放学回家吃了中饭，他才起床，渠川要到起居室去叫一声"爸爸"，然后再去上学。这时的渠晋铧开始了与世无争的赋闲生活，有人来找他，门房来报告，他总说：挡驾。门房就挡驾，来客留下名片就走了。

渠晋铧家有十一口人，九个孩子（三男六女，渠川排第七，后面是两位妹妹），衣食住行育乐医疗等开支，大把大把地花钱，真是不得了，但渠晋铧并不担忧，上辈人留下那么多钱，他觉得怎么花也花不完。他出行必坐汽车，还带上一个叫董顺的跟班，给他拿衣服、提包、开车门、开家门，殷勤照拂。他对子女说，我保证让每个女儿都能大学毕业，每个儿子大学毕业后都跟大叔叔一样，到美国留学两年（渠晋铧二弟渠晋鹤留学美国哥伦比亚大学）。他还热衷于收藏，喜欢购买手卷字画和精巧的古玩玉器，不厌其多。他收藏了许多郑板桥、"四王吴恽"（即王时敏、王鉴、王翚、王原祁、吴历、恽寿平六位清初画家）的作品，他在家里按季节挂一些字画。他还想写书，给自己的收藏品写些鉴赏。

世界上出现什么新奇的东西，他都有购买的欲望。他购买了汽车，汽车是从美国运过来的；购买了拍电影、放电影的机器，放在家里给孩子们玩。渠晋铧还有一大爱好是打网球，他球技娴熟。网球当时是英国贵族的玩意儿，很费钱。他在家附近租来两块空地，大的一块修建成网球场，小的一块修建成足球场，每年翻修一次，还要雇人看管。

渠晋铧就是这样一天天地度日，过着一种"享受主义"的生活，也是一种"怪人生活"。他独来独往，不问世事，不与任何人往来，甚至很少与妻子在一起，他们是分居的。渠川记得母亲

渠川母亲翁之菊（左）与谢福芸（右）在一起

童年时的渠川（中）

能做一手好菜，不过家里有用人，无须她去下厨烹调。但渠川和兄弟姐妹都喜欢母亲做的红烧鱼，吃饭时跟母亲说："娘，我要吃你烧的红烧鱼。"母亲爽快地答应，也乐意烧红烧鱼等菜品给孩子吃。母亲还会一些英语，不过发音不标准；也会写毛笔字，工工整整地写着；还喜欢看书，特别喜欢看小说家张恨水、刘云若的书。有一次，母亲拿了一本名叫《义勇中国》的书，对渠川说："这本书里有你们兄弟姐妹九人的合影。"《义勇中国》是"英国名媛"谢福芸（Dorothea Hosie，1885—1959）所著，她的父亲苏慧廉（William Edward Soothill，1861—1935）是著名的传教士、教育家、汉学家。谢福芸在天津时，与渠川的母亲关系亲密，渠川的母亲和渠川也都被她写到了书里，谢福芸亲昵地称渠川的母亲"花儿"，称渠川为"小熊"。渠川还记得，后来有很长的一段时间，母亲基本上不在家，大多时间在外婆家度过。

民国二十六年（1937），抗日战争全面爆发，通货膨胀失控，纸币以惊人之速贬值。那一年，日本鬼子占领了天津，渠晋铨大女儿出嫁，大儿子去世，他内心悲伤无比，但在子女面前没有流露悲观的情绪，他说：我保证你们每个女孩子大学毕业，男孩子还要留学两年。

渠晋铨原以为这样可以过很长时间，但渠家没有不动产，没有土地，没有经营，就留下祖宗的钱放在银行里吃利息，维持日常开销。可是，物价上涨如此厉害，他的收入越来越不够用，出现入不敷出的窘况。到了民国三十二年（1943），渠晋铨为了维持家用，不得不动用老本，还把自己的收藏品一件一件往外卖。那时渠川已经十四岁了，他经常看到北京琉璃厂的两个掌柜，一个姓樊，一个姓邱，轮流往他家里跑，过一会儿，就取走一卷字画。渠晋铨卖完了字画卖古玩，都是他喜爱的珍玩。若干年后，渠川也认识了琉璃厂的那两位掌柜，他分别问了掌柜：经过你的手，我父亲卖出多少东西？你能给我开张单子吗？他俩都说，你祖父手里的好东西，也给你父亲卖了，我可以给你写一张长长的单子。

渠川回忆道：有一天晚上，父亲突然找我，说，咱们下盘棋好不好？我很奇怪，他从来没有跟我下过棋，这时候为什么要下？但我点头答应了。父亲转过身去，一会儿，从起居室里端出一个盖着蓝布的长方形盒子，还有一个也盖着蓝布的圆盒。我们在客厅里面对面坐着，只见他把那个圆盒打开，露出几摞码得整齐、淡黄色的棋子，字是绛红色的。父亲从里面拿出一个"士"，用手掂了掂，说："象牙的，是明朝宣宗时的古董。"他摩挲着，端详着，又打开长方形盒子，原来是个折叠的棋盘，也是象牙制作的。棋子摆开以后，我们下了起来。下了两盘，我不大会下棋，都输了，他的棋下得也不怎么样。父亲抬起身，靠在椅背上发愣，

渠川（右二）跟家人在一起

显得苍老而消瘦。客厅里静悄悄的，只有大钟发出的轻响。第二天我知道了，他把这件我祖父传给他的古董也卖掉了，虽然是万分不舍。

富裕之家就这么坐吃山空，日渐穷困潦倒。渠川读高一时，向父亲发问：你为什么不出去工作？大叔叔也从美国留学回来了，为什么不就业？父亲说：在瞬息万变的政局和此起彼伏的混战中，社会太乱了，生意难做，赚不到钱；找其他的事情，因我与你大叔叔都曾是大票号的东家，谁敢用啊？

民国三十五年（1946）深秋的一天，渠川放学回家，看到家门口停着一辆排子车（也叫大板车），几个工人在搬家具，看到父亲把家里最后值钱的东西——起居室里那些紫檀、红木的古家具卖掉了。他心里好不凄凉，知道父亲彻底垮了，渠家也彻底完了。

他跑到了楼上，看见父亲的房间里空空荡荡，父亲正在默默地吃东西。渠川就在父亲身旁坐了一会儿，哆哆嗦嗦地低声说：不管家里发生什么情况，爸爸也要给我交学费，我要读书。不料这句话激怒了父亲，他拍了一下桌子，瞪起了眼说：真讨厌，我只有买一斤白糖的钱了，怎么给你交学费？渠川一直深得父亲的喜爱，平常父亲对他都是有求必应，从来没高声呵斥过他，今天怎么说出这么绝情的话？渠川又委屈又无奈，扭头冲下了楼，从此之后，他遇到什么困难，都自己解决。

　　民国三十七年（1948），渠川十九岁，他通过努力，考上了燕京大学。父亲渠晋铨在走投无路的时候，放下了架子，在家里收了三个学生，都是邻居家的孩子，教他们英语，解决了自己的吃饭问题。渠晋铨还把租住的楼房一楼租了出去，做了二房东。在燕京大学读书的渠川听到这些消息，顿然醒悟了许多人间道理。

渠川（二排中）与家人合影于天津家中。摄于 1937 年 8 月 26 日

二

渠川求学路

二、渠川求学路

岁月悠悠，渠川先生曾多次与我谈起自己不同寻常的求学经历，我也沉浸于老人点点滴滴的追忆中。他提及尘封于历史的"钥匙出版社""燕剧社"等，让我有书写下来的冲动。因工作上的便利，我又翻看了他的档案，阅读了与"钥匙出版社""燕剧社"等相关的材料，旧事便清晰了起来。

（一）

1936 年，渠家票号生意停歇，渠川的父亲继承了一笔不菲的遗产过日子，供子女上学，那年渠川七岁，进了一所广东人办的

渠家兄弟姐妹合影，左三为渠川

小学读书。1940 年，渠川小学毕业，升入中学。父亲在多个场合说过，让每个女孩子大学毕业，让每个男孩子大学毕业还要留学两年。所以，渠川一直在无忧无虑地上学，甚至有时还和自己说，24 岁以前什么也不要想，就是念书。他读到高一的时候，爱好起音乐、表演、文学，想做一个自由自在的文艺家，他要用文艺来表达自己年轻而骚动的灵魂，抒发丰富的情感。

然而，家里接连发生不幸，父亲多次收到匿名勒索信，面临着被绑架、撕票的危险；渠川九个兄弟姐妹中，大哥和小妹相继因病去世。这些打击给战乱中的渠家蒙上了浓重的阴影。父亲整天担惊受怕，每天除了外出打一两个小时的网球外，其余时间基本躲在家里。接下去的几年里，渠川的大姐高中毕业后，与丈夫一起到美国留学；二姐大学毕业后，也结了婚，到一家医院当会计；三姐读大学期间得到一笔奖学金，在大姐的帮助下，也到美国留学去了。

渠川的二哥爱好文艺，能写会画，学生时期就加入了华北作家协会和当地的漫画家协会，渠川很羡慕他，也很亲近他，兄弟俩住在一个房间里。1943 年，二哥赴四川，参加抗日去了，留在房间里的一切东西，包括文学书籍、稿纸文具，都被渠川拥有。渠川翻看鲁迅的《呐喊》、茅盾的《子夜》等文学作品，渐渐地，他爱上了文学。每在做完作业之后，渠川也就偷偷地学写小说，甚至想将来当鲁迅那样的作家也不错。他一边念书，一边学着写小说。

1946 年春天，渠川在天津工商学院附属中学读高二时，父亲突然宣告破产，一家人的生活陷入困顿，没有人给他交学费，让他面临失学。

高中不能毕业，就没有出息，实现不了自己的文艺梦。渠川觉得前途要紧，那年暑假里，他向亲戚和同学求援，希望能帮助

少年渠川

他读完高中。亲戚一个个有意疏远他，最终在同学尹亮俦父亲的帮助下，渠川谋取了一份差事，在墙子河疏浚劳工事务所做考工员。

墙子河原是清政府统兵大臣僧格林沁为增强天津防御能力，于清咸丰十年（1860）所筑的护城壕墙，壕墙在当时称为"墙子"，壕沟通上了活水成了一条河。20 世纪二三十年代，墙子河两岸杨柳依依，翠色涟涟，成了天津的景观，但同时，沿途各租界不断向河内排入污水，墙子河水质逐渐变差，慢慢出现淤塞和断点。渠川到了工地得知，参加清淤疏浚人员的工资，是每人每天四磅美国面粉。炎炎夏日下，渠川负责点名，每天上、下班各点一次，每次需要两个小时，中间四个小时没事，他可以回家吃午饭。他满意这样的工作，一天很快就会过去。面粉是一个月发一次，一个暑假两个半月，渠川把挣得的面粉卖掉，一个学期的学费就够了。

1946 年初冬，山寒水冷，草木哀哀。高三上学期即将期满，渠川开始为下学期的学费担忧。正在这时，老同学蔡荣都过来跟他说："张同猛、曹学文、周庆坚等同学计划出版一份文艺杂志，我也准备参加，你一起参加吗？"渠川心想：不知寒假里能否找到事做，一起办杂志可以写稿，赚些稿费也好，还可以得一个"作家"的名头。他就爽快地说："行，算我一个。"

张同猛等人想出版杂志的想法盘踞在心中已久，他们都爱好文艺，有时候也写点诗歌在报上发表，是志同道合的朋友，苦于没有经费，一直没有实现。有一次，张同猛遇到朋友何畏，说起办杂志一事。何畏说：我认识一位能人，也许会出钱。张同猛一听高兴不已，拜托何畏与那人牵线联系。不久，何畏告诉张同猛：那人表示"可以合作"。

1946 年 11 月一个周六的傍晚，张同猛、蔡荣都、渠川、曹学文、周庆坚在何畏的带领下，趁着黄昏天还未黑，匆匆来到天津租界。

天气十分寒冷，大家都穿着棉袍，走进法租界登瀛楼饭庄对面一条狭长的胡同，寒风在胡同里盘旋。他们走进一栋暗灰色的小楼，在一个小房间里缩着脖子等着。等了一会儿，过来一位中年男子，胖墩墩的，面色黝黑，戴着眼镜。他让大家坐下，说："青年人要办杂志很好，社会上很需要。"他从小房间的书柜里抽出几本老杂志，接着说："这种杂志尚且合乎学生口味，但是销路不行，你们要办纯文艺性的杂志就更不行了。"他说话时伴着咳嗽，咳嗽严重时气喘吁吁。他把杂志递给张同猛，杂志叫《青年魂》，渠川也拿了一本，翻看了一下，内容大多是有关学生的消息和黄色新闻，没有诗歌、小说，也没有绘画、木刻，甚至没有出版社名称，但印有"各报摊均有代售"字样。大家传阅了杂志，觉得没什么看头，他们都是报摊上的常客，从没见过这种杂志，猜测它的发行办法可能是"个别传递"。那人最后说："你们先做些准备工作，整合一批稿子，所需费用估计一下告诉我。"他的意思是要大家办一种比《青年魂》"更进一步"的杂志。房间里灯光晕黄，气氛有点压抑。

当天晚上，张同猛、渠川、曹学文、周庆坚在蔡荣都家里开了一个小会，曹学文和蔡荣都问张同猛："那个大胖子是什么人？"张同猛说："是中统天津学运组长。"听的人似懂非懂，有些疑惑和担心。张同猛说："咱们办文艺性杂志，内容他应该不会干涉，没关系。"大家就商量出版社和杂志的名称，你一言，我一语，蔡荣都说："我们办的杂志，像一把打开人民心灵的钥匙，叫'钥匙'怎样？"其他人都说"好"。于是，就这样定名为"钥匙出版社"，出版《钥匙》月刊。小会上还做了分工，张同猛任社长，曹学文任总编辑，何畏任总务主任，蔡荣都、渠川、周庆坚任编辑。夜很深，冰水一样的月光流进了窗户，寒风在梳理着窗外的树枝。

出版社名称和分工名单以及预算等，由张同猛报给了那个组长，组长同意，并吩咐张同猛给每人印制一盒带头衔的名片，上有钥匙出版社社址：天津滨江道 39 号。这是组长的住址。接着几天，他们按分工开展筹备工作，起草了约稿信，在青年写作者中发展"特约撰稿人"，刻了社章，还在天津一些小报上发了《钥匙》月刊的预告消息。大家还各自创作作品，张同猛写了独幕剧《虞美人》，渠川写了小说《和平梦》，蔡荣都画了四幅漫画，曹学文刻印章一枚，周庆坚把他祖父的遗作拿过来，取名《泊园诗抄》。

大家一边做筹备工作，一边等着钱下来。等了一个多月，没有任何消息，更不见经费到位，大家嘀咕了一阵，鼓起勇气去找组长问个明白。还是在那个简陋的房间里见到组长，组长看了他们带来的稿子，脸一沉，说："稿子内容比较空洞。"大家听了很不爽，说稿子很有文艺性。说到经费，组长说"再研究研究"。这时，大家有点忍无可忍，表示不满，蔡荣都、曹学文还与组长有言语上的冲突。大家很气愤地走出组长的房间，想起两个月来的努力，花费了那么多心思，结果成了水中捞月的空忙，心里泛起阵阵酸楚，感觉很受伤害，都说那胖子是拿他们当小孩子耍着玩，不要对他抱有幻想。创办出版社的痴念破灭了，钥匙出版社就这样胎死腹中。

世界充满着战争、阴谋、暴力、强权，灾难笼罩着中国人民，祖国大好河山依然深陷在魔掌中。寒假到了，渠川纠结着自己的学费，只得再找尹亮俦，经他父亲介绍，在"天津救济总署"的一个仓库里做整理衣服的临时工。一个大仓库，没有暖气，阴冷异常，仿佛能把人的血液冻结。每天有大批从美国运来的旧衣服，二三十个劳动力在仓库里忙碌地拆包、清点、整理、分类，有一个外国人在巡逻，这里走走，那里看看。几天后那外国人见渠川

有关钥匙出版社的一些材料

是个学生，能说英语，为人老实，就让他做登记工作。寒假不到一个半月，但工资高了，每天十磅面粉，渠川终于又交上了高三下学期的学费。他过早地经历了人世间的艰难，还是顺利地高中毕业，并考上了燕京大学，离开天津这座让他无法依靠的城市。

有关钥匙出版社的许多细节在逐渐暗淡，但渠川与钥匙出版社的事情并未结束。1955年7月，肃反运动（肃清内部反革命分子运动）开始，不久，蔡荣都被当地公安局抓走，并在他家中搜出一张渠川的名片，职务是：钥匙出版社编辑。这事报到渠川的工作单位中国人民解放军总政治部（简称"总政"）"志愿军一日"编辑部，总政组织部门就有人问渠川钥匙出版社的性质、宗旨是什么。渠川答不出来。组织部门的同志告诉他，9年前他所见的那个胖子是中统大特务、天津学运组长李宗岳，是危险人物。渠川原来不知道中统是什么组织，这时才明白是国民党党务部门控制的特务机构。好危险哪，当时要是杂志办成了，他不就掉进了陷阱？就与中统脱不了关系。他想起张同猛是国民党下属的青年组织三青团团员，手臂上戴着一个三青团的布裹，但不知张同猛是不是中统特务。

有人说渠川参加钥匙出版社的问题很严重，这事必须查一查，渠川就被停止了工作。总政文化部一个临时支部派人到天津等地对渠川的问题进行调查，其中调查了渠川的同学聂璧初（当时在天津市委文教部工作）、范思谤（当时为天津市南开大学职员）、蔡荣都（当时为北京第四建筑工程公司技术员）、李谆（当时在中国青年艺术剧院工作）等，还在天津公安局查阅了已于1951年被枪决的李宗岳的档案、已于1951年被判处徒刑的张同猛（定为中统特务，在遥远的内蒙古劳改局劳改）的档案。经过五十多天的调查，查明国民党中统特务想利用青年学生出版、发行刊物，散布反共思想。渠川名片上所印的出版社地址"天津滨江道39号"房产为公产，被李宗岳强占居住多年。组织对渠川的历史结论是："渠川同志因爱好文艺，盲目地参加中统特务的外围组织钥匙出版社两个月，任编辑，没有反动活动。在调查中，没有发现渠川同志参加过反动党团。"渠川恢复了工作，也走出了政治历史问题的阴影。

在渠川的档案里，我一一读到张同猛等人或亲笔写下或口述整理的"证明材料"。纸页已经发黄，字迹却没有褪色。

岁月如流，年华消逝的背后是记忆的沉淀，可当回忆的闸门被打开，过往的片段便如潮水般涌现在心头，历历在目。渠川先生说，倏忽之间，这些旧事已经过去了七十多年。

（二）

1947年秋，十八岁的渠川考进燕京大学新闻系，当时抗战已经胜利，燕京大学也从成都迁回北平（今北京）复校开课，学子继续学业，继往开来。渠川初入这所世界一流的大学，满眼都是好奇和新鲜，崭新的大学生活也让他感到陌生和神秘。

他发现许多学长参加燕大独特的学生团体"团契"。在团契里可以熟悉不同系、不同年级的同学，一些新生也申请加入。渠川经同学赵继鑫介绍，加入了"甘霖团契"。

团契是基督教的一个外围组织，很是松散，没有什么约束，契友可信教可不信教，但必须有一个基督徒做顾问。燕京大学是基督教教会开办的，一直以来带着宗教色彩，有许多团契，如未明团契、一心团契等。学校的团契可分三种，一种聚集着大批教徒，大家一起读《圣经》唱圣诗，做祈祷做礼拜；一种聚集了大批进步学生，甚至有中共地下党员，成了进步组织；一种是趣味相投的同学在一起吃喝玩乐，男女交际，如一些资产阶级的公子、小姐聚在一起唱歌、跳舞、喝茶、饮酒、野餐、旅行等，这种团

甘霖团契合影（后排右四为渠川）

契最多。年轻人都有很强的欲望和梦想，契友谈财富与事业、理想与功名，但更多的是情爱，男女之间有了心仪的目标，便要生发爱情故事，团契往往成了恋爱的平台。甘霖团契就属于这一种，契友共三十来人，好几对郎才女貌，便珠联璧合，成为夫妻。当时正值"反饥饿、反内战、反迫害"学生运动结束，国统区人民反对美蒋反动统治的斗争日益高涨，学生关心政治，大谈形势，团契活动时有讨论游行示威，做时事报告。

参加甘霖团契的学生大多出身名门，生活宽裕。渠川回忆：当时契友有中国近代法学家江庸的儿子江康、李鸿章三弟李鹤章的孙子李道和与孙女李道基、《大公报》总经理胡政之的儿子胡冬生、后来经常陪邓小平打桥牌的蔡公期、梅兰芳的儿子梅绍武等。契友中与渠川关系最好的是吴津津，她的父亲吴瑞萍是有名的儿科传染病学家，叔叔吴阶平更是著名的医学科学家。吴津津燕大毕业后从事高等教育工作，改名吴津，丈夫孙孚凌后来成为全国政协副主席。

渠川是在申请学宿费缓交的情况下入学燕大的，他必须在第一学期取得好成绩争取到甲等救济金，才能免去学宿费。虽然他加入了团契，却很少参加活动，是个局外人、边缘人。但有的契友对他却很关心，知道他生活困难，暗中帮助他。比如有契友让渠川给自己上初二的外甥补习数学，给他教学费，可以解决他的伙食费。为了赚钱，渠川还参加磨花生酱的劳动。他放弃了娱乐，专注于学习，第一学期结束，他以优异的成绩得到甲等救济金，给自己的学业带来了光明。

寒假时，渠川在天津，被痴迷话剧的同学李谆拉到耀华校友会排戏。渠川曾在耀华中学读书一年，时间虽短，却结交了如尹亮俦、蔡荣都、李谆这样的好同学，情谊之灯曾给孤寂艰难中的他带来几分暖意、几许光亮。他参加话剧《裙带风》的排演，饰演安天成，排演时还有一顿饱饭可吃。该话剧讽刺国民党政权的裙带关系，在耀华中学礼堂连续公演三场。

第二个学期开始了，渠川正在为学费和宿费担忧时，学校的布告栏里贴有一张免除学生学费和宿费的红榜告示，其中居然有他的名字，这真让他开心不已。

渠川在燕京大学读书时，学生运动此起彼伏，学校里空前民主，到处谈论着蒋介石政府的反动和腐朽。渠川发现自己的思想与同学还有很大距离，有了要求进步的强烈欲望。

暑假里，渠川经蔡荣都介绍，阅读了毛泽东的《新民主主义论》和《中国革命与中国共产党》两本小册子，他对中国共产党的思想和观点有了了解，更觉得中国的希望在中国共产党领导，产生了救国救民的理想。不忘为民初心，历经烽火岁月，理想、奋斗、锤炼、成长，构成了青年渠川的肌理。

假期里，他又去找同学尹亮俦的父亲介绍工作，不料尹亮俦一家已搬离天津。这时，李谆又找他演戏，渠川想到排戏时有饭吃，加上自己的兴趣，答应了，这一次他出演一部外国话剧《天罗地网》里的主角海二爷。一同排戏的还有几位燕大学生，他们也是回天津过假期的，在学校里渠川不认识他们，现在几天一起排演下来，就很熟悉了，其中一位高班女同学称赞渠川演戏演得好。暑假过后回学校，这位高班女同学就把渠川介绍给燕大的"燕剧社"。

燕剧社成立于1945年11月，是燕大学生课外演剧团体，成立时虽然标榜"不问政治"，但成员较为复杂，不乏反动的政治思想。到了渠川加入时，燕剧社的领导权基本上已掌握在进步学生赵寰和陈泽晋手里了。赵寰比渠川大四岁，高两个年级，奉天安东（今辽宁丹东）人，他乐观豁达、才华横溢。陈泽晋读历史系，燕大学生自治会负责人之一，参加过进步学生活动，地下民主青年联盟，他的父亲是陕西军阀陈树藩。赵寰和陈泽晋主张燕剧社与进步社团合作，排演进步戏剧，这很符合渠川的想法。

陈泽晋和赵寰对渠川都很友好，燕剧社还有一位"标志性"的人物周伯华，是个好演员，也与渠川很接近。渠川与他们在一起觉得很舒服，他们没有甘霖团契契友身上那种少爷小姐气，与渠川一样都属于"穷学生"，他们经常讲燕剧社的历史，讲燕剧社与另一个剧团"海燕剧团"的竞争关系。渠川才得知燕京大学原来有两个话剧团体，燕剧社成员大多是北平、天津的同学，而海燕剧团的成员多为南方的同学。但这两个话剧团排出的大戏，政治倾向有所不同，常常引起学校师生的争议，两个话剧团关系不好，还出现互相贬低的现象。

赵寰和陈泽晋掌握了燕剧社的领导权后，就考虑加强与海燕剧团的团结，减少相互间的矛盾。开学不久，在一次学生运动中，两个剧团就商量合演一个叫《夜歌》的短戏。《夜歌》里有一个主要角色，燕剧社就派渠川去演。这个短戏双方合作得很愉快，剧团间的关系也和谐了许多。

赵寰在燕剧社导戏，要排《白毛女》，是一部要公演的大戏，让渠川演黄世仁。渠川小时候跟父亲学过京剧，一些经典京剧熟

剧照

白毛女剧本

有关燕剧社的一些材料

记于心，而《白毛女》是歌剧，一个现代戏，渠川演起来不太习惯，要求换到次要的角色。赵寰不同意，说渠川在舞台上就是个"人物"，要承担主要角色，还说："以后我写戏，非把你写进去不可。"但渠川执意要更换角色，赵寰只得让他改演穆仁智。《白毛女》排了一段时间，可惜因为当时的政治气候不允许，被华北学联劝阻停止排演，这部耗费了赵寰等人很多心血的歌剧未能完成。

1948年秋，燕剧社成功改选了领导机构，成立"七人领导小组"，陈泽晋为社长，赵寰为演出设计，渠川也进入了"领导班子"，负责生活福利方面的工作。他们领导燕剧社排戏演出，支持燕大学生自治会开展工作。那年，国民党政府在中国内战战场上节节败退，于全面崩溃的前夕采取了垂死挣扎的行动，除了颁布"财政经济紧急处分令"、发行所谓的金圆券外，还在国统区各大中城市以"共匪职业学生""奸匪学生""匪谍学生"等罪名，在报纸上公布"黑名单"，传讯、通缉、拘提、逮捕大批学生。燕大学生自治会许多进步学生因上了"黑名单"被迫离开学校，需要改选。反动学生乘机而起，反对自治会改选，企图搞分裂活动。燕剧社以"七人小组"的名义发表"号召团结、反对分裂"的声明，支持自治会改选，并积极参加竞选。在自治会改选大会上，反动学生辱骂共产党，进行捣乱，"七人小组"予以反击。

国民党当局加紧迫害进步学生，渠川积极参加学生爱国运动，对中国的命运忧心如焚，他把精力花在进步戏剧的排演上。为表现北平七五惨案、东北籍学生遭到青年军队员杀戮的事件，燕剧社排演话剧《大江流日夜》，渠川饰演主角李福生，该剧在当年秋季开学的迎新会上演出。由于国民党政府滥发纸币，物价飞涨，民不聊生，燕剧社为响应北平学生"争温饱求生存"运动，排演独幕话剧《夜歌》，渠川成功塑造了一名命运悲惨的失业工人，表现底层百姓的苦难生活。当年10月，为纪念鲁迅逝世十二周年，赵寰推荐渠川当导演，把田汉改编的话剧《阿Q正传》搬上舞台，渠川一丝不苟，对剧本娴熟于胸，又不照本宣科，融入自己的理解，追寻思想上的锐利与情感上的共鸣，该话剧在鲁迅纪念晚会上演后，极富感染力，受到观众肯定。这是渠川头一次当导演，也是他人生中的唯一一次。

赵寰是渠川的挚友，也是引路人。据1955年9月赵寰亲笔写下的长达十四页一万多字的"关于渠川的材料"，其中有："渠川给人的印象有些高傲，不认生，说话时捎带几句英文，美国味十足，谈起文学津津乐道，展露了他的文学才华。在燕剧社里，渠川与老社员关系较好，我们关系也较密切，我很欣赏他，认为他在戏剧上很有出息，是具有天赋的演员，可成极棒的角儿，又具有优秀导演的素质。我劝他以表演为职业，也有心培养他成为

在燕京大学读书的渠川（右）

燕剧社的核心骨干、接班人，待我们这批高班学生毕业后就把燕剧社交给他。"

当时，渠川还接触到一些解放区的进步文化，如木刻、音乐等，看到了崭新的人民大众的文化，觉得解放区是光明的，共产党是中国的希望和前途所在。这一理念如春雨滋润，分蘖萌发。当他听到许多同学要到解放区去，更对解放区充满了憧憬。

1948 年冬，赵寰把屠格涅夫的小说《罗亭》改编成话剧，渠川出演男二号列兹涅夫。完成演出是在 1948 年 12 月 12 日，这时，大学生去解放区已很风行，形成了"好男儿都去解放区"的风气。12 月 14 日，渠川在赵寰的帮助下，到达冀东解放区参加了革命，而后，渠川参加了解放海南岛战役和抗美朝鲜战争。在枪林弹雨中，他用血性青年的家国情怀谱写了一曲青春的生命赞歌。

但命运难测，变动不居。被卷入肃反运动旋涡中的渠川，不断被挖出"问题"，有人质疑耀华校友会是特务操纵的组织，有人怀疑甘霖团契的性质是否反动，有人对燕剧社的进步性产生了诸多疑问。1955 年 8 月，总政文化部派人调查渠川参加钥匙出版社的问题时，也对上述问题一并进行彻查，分别询问了知情人金永清（曾当选耀华校友会理事，当时在天津市委文教部工作）、周培基（渠川中学时同桌好友，当时在天津市税务局第五分局工作）、杨耀民（当时在北京大学教书）、赵寰（当时任广州军区战士话剧团创作员）等。调查结论是：耀华校友会主要发起人钱宇年虽系匪特分子，但理事会人员大都不是匪特分子，因此不能说耀华校友会是匪特组织；渠川在燕大读书时，曾参加的甘霖团契和燕剧社，均属一般性的群众组织，并无坏的行为。

岁月静好，时光无声无息地带走了一切，改变了一切。渠川步入中年后致力于文学创作，他的长篇小说《金魔》和《官痛》得到种种赞誉，使他成名成家，但他一直居住在偏于浙江东南一隅的温州，安稳地写作，平静地生活，浸淫在文学的世界里。而那些人，那些事，如同一朵朵云彩在渠川的脑海里流动，装点了他生命的天空。

三

渠川难忘的友人

三、渠川难忘的友人

　　每次拜访渠川先生，他喜欢跟我讲一些"陈年往事"，诸多友人浮上他的心头，其中有被他称为"贵人"的赵寰、断言他"大器晚成"的王愿坚和彼此"无话不谈"的陈广生。在漫长的岁月里，他们曾经并肩走过时而风和日丽、时而暴风骤雨的道路，他们的深厚友谊和个人命运，总是与国家、与时代分不开。

赵寰

　　中国有句老话叫"贵人相助"，赵寰既是渠川的学长，还是他生命中的贵人。渠川与赵寰初识于1948年，当时他们都是燕京大学的学生。燕京大学由司徒雷登创建，燕园内名师云集，渠川的求学之路却因家境贫寒而困难重重，第一学期以优异的成绩争取到甲等救济金，免去了学宿费，但伙食费没有着落，只能借钱天天喝白菜汤，第二个学期的费用又成了大问题。寒假里，他回老家天津找同学求熟人介绍工作赚点钱，却总是找不到事做，于是，他就去天津的高中校友会演话剧，排戏时有饭吃。渠川在排戏

赵寰

渠川与姐妹

时遇到几位燕大学生，其中一位高班女同学认为他演得好，寒假过后回校，女同学就把他介绍给燕大的燕剧社。

渠川在剧社里认识了许多高班同学，其中就有赵寰。赵寰比渠川大四岁，高两班，原名赵子铺，奉天安东（今辽宁丹东）人。他高大俊秀，胆识超群，戴美式的布帽子，穿高靿靴子，走路双手紧握拳头迈大步，如葱葱杨树清新而蓬勃，两人有一种天生的亲近感。赵寰想把渠川培养成燕剧社的接班人，待他们这批高班学生毕业后就把剧社交给他。就这样，两个年轻、茁壮的生命，开始了纯真的友谊和心灵的碰撞。

1948 年暑假里的 8 月 19 日，发生了两件大事。一是国民党实行币制改革，开始改发金圆券；二是国民党在全国大肆逮捕进步学生，渠川的好些同学事先得到消息，去了解放区，包括赵寰和另一位燕剧社的骨干、与渠川关系不错的周伯华。这事对渠川震动很大，尽管当时国民党军溃败的消息被严密封锁，但生性敏感的他强烈地感受到黎明即将到来的讯息，他对解放区产生了憧憬，也不想念书了，想到解放区去，在那里有工作可做，不用为学费生活费苦恼。

到学校开学时，渠川回到学校，学校里少了许多师生，连燕剧社社长陈泽晋也见不到了，自己要好的同学已没有几个在学校，他更想去解放区，他要寻找能介绍他到解放区去的人。正在这时候，赵寰从解放区回来了，他虽然不是地下党员，却接受了党的任务回校。那天晚上，渠川与赵寰在房间里彻夜长谈，最后赵寰答应把渠川送到解放区去，但不是马上就走，得先一起排出一个戏来。

赵寰把屠格涅夫的小说《罗亭》改编成话剧，渠川出演男二号列兹涅夫，是一个沉稳、干练、务实的形象，和男一号罗亭虚伪、浮夸、张扬的性格形成鲜明的对比。剧作中有"不要做言语的巨人，行动的矮子"的名句，赵寰想借此尖锐嘲讽和批评那些话说得漂亮、斗争起来却很怯懦的大学生。列兹涅夫的个性与渠川不同，他觉得难演，但由于大家配合默契，排练和演出都很成功。有一次，赵寰对渠川说，将来咱们随军南下，到部队演戏去。渠川说：我不想演戏，我想写东西。赵寰说：写什么呀，演戏多好。渠川心里暗暗佩服赵寰如此热爱戏剧，他一定会把自己的一生献给戏剧的。

完成话剧《罗亭》演出是 1948 年 12 月 12 日。12 月 13 日，赵寰与渠川一起推着车，把借来的道具一一还掉。到了晚上九点多，燕大的校园像浸泡在黑色的墨水里，赵寰把渠川带到操场边上的一棵丁香树下，树下已站着一位新闻系的同学刘尊荣，渠川认识，他也是燕剧社的社员。赵寰小声说："你们俩明天早晨一起去天津，再由天津出发过宜兴埠，向宁河方向走，走到一个叫潘庄的地方找一个姓董的，他会带你们去冀东解放区，我还有任务，就不陪同了，刘尊荣的暗号叫C1，渠川的暗号叫C2。姓董的一听到这两个暗号，就知道是我介绍的。"

严冬的清晨虽是寒风刺骨，阳光还是冲破了黑夜给大地带来了曙光。渠川与刘尊荣一大早就坐燕大的班车到火车站，买了车票去天津。他们到了天津才知道，天津已被解放军包围，形势很紧张，那一趟车之后，北平与天津的铁路交通就中断了。他们在天津待了一天，渠川回了一趟家，不敢和父母说自己到解放区去。渠川又去了一趟蔡荣都家，老同学聂璧初也在蔡荣都家里。蔡荣都曾去过解放区，不久就回天津，准备加入地下党。聂璧初已经是地下党了。他俩劝渠川不要冒险去解放区，留在天津一起干。渠川说：还有同学与我一起走，我不能中途变卦，遇到危险就停下脚步，以后怎么当英雄？

第二天上午，渠川与刘尊荣穿起长棉袍、皮鞋，以大学生到乡下看亲戚为借口，冒着危险向宜兴埠走。在公路上，他俩碰到两个穿着便衣、挂着"盒子炮"（驳壳枪）的人，只是打量了一番，并没有拦下他俩盘问。渠川与刘尊荣暗喜，继续赶路，到了晚上，遇到了解放军。解放军倒是把他俩拦住了，安排在某一个班里，和战士睡在一起。

又一个早晨，渠川与刘尊荣早早上路了，到了潘庄，找到了姓董的，是个农民。两人把暗号一说，姓董的就知道是赵寰介绍来的，说："机关"已经向北平通州移动了，你们赶快去追。姓董的就联系了一个交通员，背着一杆小马枪，护送渠川与刘尊荣往北走，经过蓟州邦均、廊坊三河等地，绕了一个大圈，来到了通州。

原来"机关"是"冀东军区城市工作部"，对外称"长城部"，在通州组织工农干部和来到解放区的大学生学习有关政策，准备接收北平了。解放区很欢迎大学生，也很需要他们，渠川与刘尊荣在"机关"里也开始学习有关政策。

过了两周，赵寰也来了，见渠川与刘尊荣平安找到了"机关"，很是高兴。赵寰向"机关"汇报了他所了解的情况，原来赵寰从解放区回燕京大学，是接受了一个重要任务，他要把北平城内各要道口敌人设置的地堡画成一个图，他已圆满完成了任务。

赵寰要随军南下，就像他以前跟渠川说的，到部队去写戏、演戏和排戏。他们匆匆见了面，赵寰就走了。

渠川跟我说：我与赵寰各自参军后，联系就少了，我转到第四十军政治部新华社当记者，他到了部队还是执着于写作排戏。他与董存瑞是同一个部队，不过他参军时，董存瑞已经牺牲了，他把董存瑞舍身炸碉堡的事迹写成了歌剧《董存瑞》。1952年，在第四野战军文艺检阅大会上获戏剧类一等奖，我的小说《一心向党》获文学类三等奖，歌曲一等奖是《我是一个兵》。我与赵寰在获奖名单上"碰上"了。《解放军报》刊登了获奖名单，我那时在朝鲜战场上，看到了，本想把获奖名单剪下来留着，可有点不好意思，后来我还托赵寰到四野找旧报纸，没有找到。赵寰还参与了电影《董存瑞》的创作，电影于1955年上映，感动了千千万万观众，他的大名传遍了全国。他还与人合作创作小说

赵寰参与编剧的《董存瑞》海报

《董存瑞的故事》，因为有两个剧本打底，写得驾轻就熟，但在文字间依然能感受到作者的激动，也能感染读者。

1962年春夏之交，在广州军区战士话剧团担任创作组组长的赵寰来到北京，向部队传达当年3月周恩来总理和陈毅元帅在广州召开的有关会议上的讲话精神。那时，渠川在北京参与编辑《星火燎原》，知音之交久别重逢，自然兴奋不已，彼此的表情和动作还是记忆中的模样，但渠川明显地感觉到眼前的赵寰已不是燕剧社里的那个赵寰了，当年青春的面容，已是沟壑纵横，沧桑无限，他无疑在长期紧绷的政治氛围中心神不安，在政治运动中遭受过磨难。赵寰在北京期间，请渠川吃涮羊肉，跟渠川说：有人怀疑我是特务，这不是笑话吗？渠川问他什么时候入党。他说：我到解放区时就算入党了。渠川问他还想创作什么。他说：还想写战争题材的剧本。

与许多文化人一样，赵寰在"文革"中被彻底打倒，因他的剧作和言论被打成"反革命"，投入监狱8年。他忍受一切苦难，让一幕幕人间惨剧深埋在心底，却始终锲而不舍地行走在文艺创作的道路上，他珍惜属于他的每日每夜，在牢房里不能写作，就忘我地读书，他把马列著作通读了几遍。从监狱出来后的一段时间里，他体质屡弱，腿脚患病，不能走路，却在文化尽毁的荒原上跃马扬鞭、一骑绝尘，继续着文学征程，创作了话剧剧本《南海长城》《秋收霹雳》等。

1984年，沿海十四个城市开放，在温州文化部门工作的渠川参加了温州考察团前往广州取经，下榻广州市委招待所，有工作人员告诉渠川：外面有人找你。渠川出去一看，是赵寰，他坐着汽车来的。赵寰的身体已经恢复健康，政治问题也早已平反，担任了广州军区战士话剧团团长。两人紧紧拥抱，喜悦之情溢于言表，他们一起吃饭喝酒，喝咖啡聊天，回忆过往。赵寰精神矍铄，满面红光，他说：我兄弟姐妹很多，我九岁时，父亲带着我从老家安东来到关内，让我在北京念书，考上燕京大学……

赵寰居住在他所钟爱的广州；渠川居住在他的第二故乡温州，两位老人享受生命的晚霞时光。过年过节，他们会通上电话，互相问候，说起往事，记忆犹新，没有半句不满和抱怨，仿佛能看到对方带着愉悦微笑的脸。

王愿坚

1960 年 4 月，渠川从沈阳军区调到总政《星火燎原》编辑部，编辑部约五十人，下分小组，渠川所在的小组有十来人，办公和住宿都在北京西山的中国作协创作基地。《星火燎原》是一部革命回忆录选集，渠川在编辑过程中，较为系统地接触党和军队的历史，以及许多革命家讲述的人生故事。

小组里有一位作家叫王愿坚，山东诸城人，1944 年参加革命，解放战争时在华东野战军当记者，1952 年到《解放军文艺》任编辑，创作了报告文学《东山岛》、小说《党费》《粮食的故事》等，已备受读者称赞和文坛瞩目。渠川也早知王愿坚的大名，见他品貌不凡，有儒将风范，想主动与他交往时，王愿坚被上级派去陪同一位来中国采风的海地作家。这样，王愿坚的房间空了出来，正好与渠川同住的编辑来了妻子，渠川就住到王愿坚的房间里。

王愿坚完成了陪同任务回到编辑部，与渠川同住一个房间，共用一个水龙头，很快就熟悉了起来。他俩同岁，有相似的经历，成长观、文学观和价值观也相近，有很多共同语言。渠川觉得王愿坚是那种先天的优秀，聪明能干，记忆力强，视野开阔，就把自己的一些文学作品拿给他请求指点。追溯起来，渠川接触文学比王愿坚更早，上高中时就读了大量新文学作品，写了十多篇短小说投给报纸并发表；参军后，他创作的小说《一心向党》在《人民文学》上亮相，并入选多种集子。但接下来由于工作原因，他偏离了写作的发展轨道。王愿坚看了渠川的作品，认为主题富有时代色彩，文笔洗练从容，在文学性上大有可圈可点之处。

1960年12月，西山上冬雪纷飞，银装素裹，山上的编辑小组集体下山，住到北京市内总参第三招待所。《星火燎原》编辑部重新编小组，渠川和王愿坚还在一个小组，王愿坚为组长。组里的同志很率真、很本色，工作之时一起切磋、研讨，解决问题；休息之时一起打扑克"赶猪"，很是热闹。不久，王愿坚在北京安了家，逢星期天，王愿坚常常邀请渠川到家里吃一餐。新婚不久的渠川与妻子两地分居，妻子在遥远的温州，他的内心深处是孤寂和苦涩的，他珍惜王愿坚等好友带给他的温暖与快乐。

不过，编辑部里也有人对渠川有看法，说他在文学道路上走不远。在一次会议上，有人说渠川虚张声势，没有作品。王愿坚说：我认为渠川有潜力，将来肯定能写出好作品。那人不服气地说：说话要有根据。王愿坚说：我坚信自己的眼光和判断，我断言渠川大器晚成。那人说：大器晚成这个成语是有的，真正大器晚成的人很少见。

编辑《星火燎原》的工作到1963年9月结束，渠川回沈阳军区，王愿坚留在总政，他们开始在一个接一个的政治运动中沉浮。到了"文革"，王愿坚被"揭发"，那些成就了他文坛地位的著作，成了他的"罪证"。他被隔离审查，而后去扫大街、扫院子，长时间被批判。

1970年1月，渠川经过多方努力，

王愿坚

《闪闪的红星》剧照

《闪闪的红星》海报

终于结束了与妻子两地分居的日子，调到温州工作。1973年，渠川出差北京，找到王愿坚。四季轮回，岁月递嬗，他们屈指算来，已经有十年没有见面。经过那么多那么大的政治运动，两人都难掩岁月留下的斑驳，但还是走过来了，相见自然高兴。王愿坚热情接待渠川，拉到家里吃饭、喝酒、聊天，醉意朦胧中好像回到那久违的编辑部生涯。席间，王愿坚说自己应八一电影制片厂邀请，正在与剧作家陆柱国合作，将李心田的小说《闪闪的红星》改编成同名电影剧本，塑造了20世纪30年代潘冬子向往参加革命的红孩子形象。次年《闪闪的红星》上映了，成了一部家喻户晓的优秀儿童片，20世纪70年代最著名的影片之一，伴随着一代人成长。

渠川说：王愿坚的小说和剧本大多取材于红军和革命根据地人民的斗争生活，他善于捕捉典型人物，表现英雄人物的崇高精神，构思巧妙，故事性强，容易与读者、观众发生互动、共鸣。

1977年渠川再次出差北京，去看望王愿坚，他依然处在创作的旺盛期，连续写了十多个以长征为题材的短篇。这时，他的生活条件改善了，住在一栋有院子的房子里。他呼朋唤友，摆起酒菜，欢迎渠川。老友们大口喝酒，大声说话，亲如兄弟，笑声郎朗。他的爱人翁亚妮过来说：你们小声点，隔壁外交部宿舍里的人在睡午觉呢。翁亚妮是宁波人，也是一位军人，他们爱得纯粹而真挚。

王愿坚相信渠川一定能写出好作品来，每次见面，他总对渠川说："你不要老说创作计划，你要动笔呀，你大胆地写。"20世纪80年代，在温州文化部门工作的渠川拿起笔杆创作文学作品，1989年3月，他完成了长篇小说《金魔》，第二年9月由海峡出版社出版，获得华东优秀文艺图书评比一等奖，1994年被改编成电视连续剧《昌晋源票号》，获中国电视剧"飞天奖"。

令渠川悲痛的是，王愿坚没能分享到他成功的喜悦，《金魔》出版后不久，王愿坚就病逝于北京，他没能看到这部长篇小说，更不知道改编的电视剧大获成功。渠川感激王愿坚一直以来的鼓励，断言他"大器晚成"。渠川六十岁才写出《金魔》，七十九岁才写出第二部长篇《官痛》，看似大器晚成，但渠川不认为自己是大器晚成。在文学创作上，他年轻时就"冒头"了，只不过长时间里受到各方面拖累，没有机会创作罢了。但他始终视文学为信仰，文学是他精神世界的栖身地，他没有与文学分离，只是在等待和迎接文学创作的"燃点"，来"证实"王愿坚对于他的断言。

陈广生

陈广生的文学创作始终围绕一个熠熠生辉的名字——雷锋，1964年，他也因此从沈阳军区工兵团俱乐部调到沈阳军区文化部创作组。创作组共有六人，组长是著名军旅作家崔家骏，创作有电影剧本《上甘岭》（合作）等。那一年，渠川在采写刘英俊的英雄事迹，陈广生继续叙写雷锋的故事，他们互相讨教创作中的

陈广生

困惑，也时常分享阅读过的经典作品，一致认为最优秀的短篇小说作家是法国的莫泊桑、俄罗斯的契诃夫、美国的欧亨利和杰克·伦敦。

两年后，"文革"开始了，一个个才情横溢的作家，一步步身陷政治巨变的旋涡，进入越来越严峻的形势和越来越复杂的斗争。沈阳军区办起学习班，下分小组，陈广生负责一个小组，任组长，创作组六人加上宣传部理论科、秘书处的同志，一共十人，都是笔杆子。学习班里人人自危，想尽办法保自己过关。要开展大批判，每人都要写材料，渠川初稿即成，陈广生看了很满意，就上报学习班，并让渠川代表小组在大会上发言，他用北京话宣读文稿，京腔悦耳，全场鸦雀无声。第二次大会发言，陈广生又让渠川上台。

陈广生刚强乐观，待人诚恳，对原则问题绝不含糊。渠川耿直热情，敢说敢做，对复杂问题敏于领悟。两人成了互不设防、无话不谈的好朋友，建立了超常的友谊。陈广生说：我1931年出生在吉林长春一个平民家庭，家里不富裕，1948年5月，解放军进行长春围困战，我还在街上卖香卷。贫寒挡不住我革命的脚步，1949年我报名参军了，1953年开始发表作品。渠川也向陈广生畅谈自己的家底和历史。渠川还说：我高中三年，因为家穷学费没着落，高三时接受一位同学的邀请，一起办刊物，心想如果办起来，写稿能挣稿费。那年冬天，我与五位同学聚在一起商量杂志叫什么名字，最后商定为"钥匙"。为了解决出刊经费，我们去见一个据说愿意出经费的人，见到后那人却说自己没有经费，后来我知道那人是中统天津学运组组长李宗岳。我们也没有从其他渠道争取到经费，就不干了。陈广生听后追问了一句：这事最后没办成？渠川说：没办成。不料后来，小组里有人拿渠川参加"钥匙"一事做文章，要打倒渠川。陈广生说：这事情我清楚，最后没办成。调查渠川，事实清楚，没有办成，不成问题。

大学时代的渠川

渠川在沈阳时居住在军区法院的一栋小楼里，吃饭要到政治部食堂，骑自行车要十多分钟。冬天里，他在小楼里写稿，外面下大雪，到了吃饭时间点，去不了食堂，又饥肠辘辘，他只得推开房门，迎着风雪踩着厚厚的积雪到附近陈广生家要吃的，陈广生的爱人赶忙烙饼烧鸡蛋给他吃。

1970年1月渠川复员到温州，离开部队那天，已任沈阳军区政治部文艺科副科长的陈广生和三位战友请他吃了一顿中饭，送他到火车站。雪过天晴，火车站像穿着一件超大的白绒衬衫，车站里乘客很少，静谧得像是一个深沉的梦。

渠川说："陈广生是写雷锋'第一人'，他写雷锋纯粹是出于对雷锋的敬重和对文学的热爱，而非名利的考虑。"雷锋与陈广生关系不错，向陈广生借过《鲁迅小说选》，雷锋看完这本书后对陈广生说：我母亲和祥林嫂差不多。陈广生当时是团里的俱乐部主任，发现雷锋有文艺表演才能，就让他加入团战士业余演出队，并开始写雷锋苦难的童年和成长的经历。1962年8月15日，陈广生在写稿子时听到雷锋牺牲的消息，他忍着悲伤赶到抚顺参与操办雷锋的丧事，读到雷锋的八本日记手稿。这是陈广生

陈广生作品《雷锋的故事》

写雷锋潜在的情感动因，他先后撰写十七种体裁的几十本雷锋专著，广受读者关注，仅《雷锋的故事》一书，发行量就达两千多万册，它们的生命力，来自作者真情的充溢，来自扎实和丰沛。陈广生满怀深情地写雷锋、讲雷锋、学雷锋、做雷锋。他曾担任全国一百多所大中院校校外辅导员，做报告一千余场，让蕴含爱心的雷锋故事滋润无数的心灵。

渠川完成了《金魔》的创作与出版后，一身轻松，但沈阳军区的情结一直萦绕于心，挥之不去。1991年春夏之交，微风和畅，他特地去了沈阳，走一走沈阳军区，看一看陈广生等几位好战友。陈广生和几位战友住在干休所，见到渠川喜出望外，联合请他吃大餐喝啤酒。陈广生问：听说你写了个长篇？渠川答：是的，我回去后寄给你们。陈广生感叹：文学是一场真正的马拉松，不仅是对才华学识和生活积累的考验，更是对意志定力和身体健康的挑战。

2018年3月，陈广生因病在沈阳逝世。逝者已矣，生者当如斯。

笔者与渠川先生在客厅里聊天，窗外的阳光溜了进来，跳跃在我们的身上，倏忽又不辞而别。渠川先生回首自己九十年的漫长岁月，回忆与诸多文友难忘的经历，回顾新中国七十年来的发展与变迁，感慨万端。笔者写下此文，致敬前辈、致敬历史、致敬时代。

注：赵寰（1925—　），剧作家，著有电影文学剧本《董存瑞》（合作），

长篇小说《董存瑞的故事》（合作）、话剧剧本《南海战歌》（合作）、《南海长城》《秋收霹雳》（执笔）、《神州风雷》（执笔）等。《董存瑞》获文化部优秀剧本奖、莫斯科电影节奖。

王愿坚（1929—1991），作家，主要作品有小说《党费》《粮食的故事》《普通劳动者》《足迹》《路标》《妈妈》《灯光》等，电影文学剧本《闪闪的红星》（合作）。

陈广生（1931—2018），作家，著有散文集《雷锋——我们的榜样》《我们的朋友雷锋》《雷锋在我心中》，传记文学《毛主席的好战士雷锋》《雷锋评传》等。《雷锋轶事》获解放军文艺优秀作品奖，《中国人民解放军七英模丛书·雷锋卷》获第十四届中国图书奖。

青年渠川

四

渠川的血火岁月

四、渠川的血火岁月

在中国共产党百年华诞前夕，我去看望 94 岁高龄的作家渠川先生，并送上"光荣在党 50 年"纪念章。渠川先生以短篇小说《一心向党》亮相文坛，以长篇小说《金魔》《官痛》著称，一生经历丰富，年轻时先后参加了海南岛战役和抗美援朝战争。

这几年，我与渠川先生有过十余次的长谈，他每当说起自己的战场生涯，记忆特别清晰。那些炮火弥天的战线和盖满硝烟的坑道，那些同过生死的战友和家喻户晓的英雄，那些血与火、生命与牺牲，总在他的心里唤起一种特别的情感，依然保持着激动人心的力量。

（一）

1948 年年末，19 岁的渠川充满了对革命的无限向往，放弃了燕京大学的学业和那些黄金般的日子，在同学的帮助下，来到靠近河北唐山的冀东军区城市工作部报名参军，从此开始了他的军旅生活，也加入建立新中国的伟大事业之中。

1949 年 1 月 6 日，有领导告知渠川，要调他到解放军第四十军政治部工作。领导说，解放军第四十军政治部很需要大学生。

渠川到了解放军第四十军政治部，跟着一个师的敌工科长一起到北平郊区南苑前线，帮助设立在那里的敌军收容站开展工作，接收俘虏，做登记工作，每天都有国民党投诚的士兵。1月14日，我军向天津发起总攻，当晚，在阵阵机枪声中，渠川参加了对一个出逃于天津的国民党军官的审问。

20岁的渠川

第四十军能征善战，斗志昂扬，准备打到江南去，解放全中国，并且很重视文化程度高的青年。1月31日北平和平解放后，渠川被安排在政治部新华支社做记者工作。支社已有几位年轻的记者，很欢迎他的加入。在这样的集体中，渠川的内心也被鼓荡得兴奋不已，一到岗位，就下部队了解情况，那颗火热的心融化在部队里了。

第四十军奉命南下，进驻湖北咸宁，准备解放武汉。第四十军是第四野战军两个南下先遣军之一，他们沿着平汉铁路一直往南走，完全靠两只脚，一天走六十里路。这对于渠川来说，既是一种新奇的生活，也是一个严峻的考验，他背着行李，走了几十里以后就腰酸背痛，特别是脚底，疼痛难忍，已到了两脚不能沾地的地步了。渠川强忍着全身的剧痛走到天黑，部队停下来休息，他往席上一躺，饭也不想吃，就再也不想起来了，沉沉地睡了过去。

老兵不允许他这样睡过去，把他摇醒，说他的脚上"打泡"了，必须把里面的水引出来，第二天才能继续上路。走路久了脚会"打泡"，这是渠川在学生时代根本不知道的事，现在，却发生在他身上。一会儿，卫生员过来，先让渠川用热水泡脚，然后，卫生

渠川（中）与战友在一起

员用一根针从乳白色的水泡间穿过，把水泡里的水引出来，疼痛也减轻了许多。

第二天天还没有亮，渠川就被叫醒了，又要行军。他咬着牙，忍着剧痛，跟随部队出发，而且又是走六十里路，但是，走着走着，他的脚不那么疼痛了，也没有再打新泡。这是他参军以后学会的一个"本领"——行军。正因为他是抱着"学习"的态度面对苦难，行军路上他就不觉得苦，也不畏惧，甚至后来急行军，一天要走一百二十里路，他没有掉队，也不再有疲惫不堪的状况。

渠川说，这是他由学生转变为无产阶级革命战士的第一课，这一课他很快通过了。

部队领导要把渠川等一批从学校出来的战士锻炼和改造成不怕苦、不怕死、不想家，不会把自己的利益置于革命利益之上，甚至为了革命的利益可以牺牲自己的生命的真正的战士。而"革命",也正以严格的态度来考验他们,看他们对革命的"忠诚度""努力度""纯粹度"。

行军一个月,南下两千里,第四十军来到武汉外围。

5月15日,第四十军肃清汉口外围的国民党军。16日拂晓,第四十军一一八师到达武昌、汉阳市郊,国民党军见势弃城南逃,一一八师即向市区进发,解放武汉。一路上,渠川既紧张又振奋,记录下许多东西。他性格开朗、帅气阳光,善于接受新事物,因此经常被组织、保卫部门找去帮忙。武汉的夏天给渠川留下深刻的印象,酷暑难当,火炉一般的城市,夜幕降临时,十室九空,市民纷纷拥向街头,光着膀子下棋、披着湿毛巾喝茶、当街给孩子洗澡,"竹床阵"更是连绵数里,千人百众躺在凉凉的竹床上进入梦乡,各展风姿,堪称一绝。

之后,第四十军奉命解放湖南长沙。在行军途中,渠川记得要翻过岳阳平江县一座海拔一千六百米的幕阜山。正是三伏天,火轮高吐,炎热可畏。渠川在天津长大,没有见过高山,后来在北平念书,也只见过香山、西山等小山,爬幕阜山这样高峻的大山,对渠川又是一个考验。他在太阳底下走得口干舌燥、气喘吁吁,他多么想喝一口水,但没有水。听说有的战士渴得不行,喝了马尿。

黄昏,部队从幕阜山上下来,来到平江县城东部的长寿街。午夜时分,月色朦胧,老街如画,长长的长寿街上几处迟熄的灯笼迎接着部队的到来。部队就在长寿街上宿营,渠川在一户人家的门板上支起一顶蚊帐,钻进去就睡着了。但那晚,渠川还是被蚊子叮咬,得了疟疾,高烧昏迷。当他再次醒来时,已躺在一个教堂里,周边躺着许多病倒的战友,战友说他已昏迷了四天。当时药物奇缺,疟疾的病情凶险,死亡率很高,渠川庆幸自己被救了过来。他想:我如果就这样死掉了,可真是窝囊,我还没有经历过真正的战场呢。

待病情好转、体力略有恢复，渠川就要归队了，此时大部队已在湖南攸县。十二位基本康复的战士组成一个班，渠川担任副班长，去追赶部队。这是他第一次带兵，算来参军还只有半年多，不过是一个懵懂的新兵而已。他与战友们一起过了浏阳，到达攸县，赶上了大部队。渠川还记得自己随部队去过醴陵，住在国民党名将陈明仁的公馆里，当时公馆被政治部新华支社接收，成为一个报馆。这是一栋砖木结构的庭院，四周是红砖砌成的围墙。

1949 年 11 月，第四十军向广西推进，参加了广西战役。渠川经常深入前线，与战士们朝夕相处，与班长排长交流，写出许多报道，取得了很大进步，他从一个学生、一个知识分子，变成一个不怕苦、不怕死、不想家的忠诚战士。这是渠川为自己选择的人生道路。

（二）

1949 年年底，第四十军从广西进入雷州半岛，为解放海南岛做准备。部队在地方政府的帮助下，经过三个月的努力，收集到大小船只两千余艘。渠川到一线了解海上练兵情况和夜间海上编队，观察战士们怎么使用篷、橹、桨，怎么辨别风向。

渠川在一线了解到：在广西战役之前，部队领导说过，这是解放华中南〔华中南地区包括福建省、广东省、广西省（今广西壮族自治区）、湖南省、湖北省五个省〕最后的一个战役。意思就是说，打完广西战役之后，大家就可以过没有征战的日子了。哪知道又来了一个海南岛战役，还要渡海，而且又是交给南下先遣的两个军：第四十军和第四十三军。有些官兵想不通，发了牢骚。渠川一边做有情绪官兵的思想工作，一边想，这正是对自己的考验，自己一定要经得起这次考验。

有一次，渠川在"水上训练队"采访到这样的事件：一个北方来的战士在海上练划小舢板，天黑时起了大风，海里掀起三尺浪头，战士控制不了小舢板，就在海上漂了一昼两夜，漂到了海南岛。战士借着月光上岛，又冷又饿又疲劳，但海南岛被国民党军残部占领，组成海、陆、空立体防御，怎么办？到村庄里暴露身份？最后战士克服重重困难和危险，找到了五指山上琼崖纵队

1950 年的渠川

的驻地，找到了党组织。渠川根据此素材写成短篇小说《一心向党》，经过第十四军宣传部部长的同意，寄给《人民文学》编辑部。

我军进攻海南岛非常谨慎，在先遣部队两批四次渡海登岛成功的情况下，于 4 月 16 日夜大军挺进，强行渡海。渠川乘坐的木帆船在船队中间，他端坐船头，见战士们都已经子弹上膛、刺刀出鞘，见大海茫茫一片、浪随风涌。他看不到其他船只上的情况，只能听到小喇叭吹出的联络声。船只忽高忽低，进入深海。

船只在大海上漂流了四五个小时，时已子夜，突然，渠川听到左前方传来机器的响声，紧接着，海上响起密集的枪声。此时，他看到漆黑的夜空中飞过一串串红色的火球，连成一条条发亮的弧线。他第一次见到这样的场景，腿肚子有些哆嗦，牙齿也在打战，不知道这些火球飞向何方，是不是打到我军更靠前的船队？但肯定是敌方军舰想闯入我军船群，冲乱我军船队，使我军不能继续

向前推进，待到天亮时，就可以出动轰炸机把我军船队炸沉。渠川这么想着，看到有几艘"土炮艇"从他的船旁经过，向着敌军开火的方向前进。

渠川心中暗暗佩服，我军战士迎着敌舰而上，决一死战，毫不畏惧。这些"土炮艇"，是我军为这次战斗而"特制"的，就是把用于打坦克的"战防炮"推到木船上，用沙包固定，当作炮艇用。

军人渠川像

不一会儿，教导员指挥士兵进入船舱，船舱外只留划船的人，海上没有了风力，只能靠人力划船前进。营教导员看到船头的渠川，指着他问：你是谁？渠川回答：我是记者。教导员说：记者也要下去。渠川说：我不能下去，我要看场面，好写报道。教导员说：不行，国民党军舰进行海上封锁，记者出了事谁负责？渠川没办法，只得下到船舱里。

船舱里伸手不见五指，渠川躺了下来，不知不觉就睡着了，不知道睡了多久，被战友叫醒，说海南岛快要到了。

经过激烈的海战，船队突破了海上封锁，到达海南岛，晨曦未露，在先遣登陆部队的接应下，第四十军在博铺港海岸抢滩登陆。渠川也忙着登岛，他从船上跳下来，海水没到了腰部，他双脚踏着石头，一点点艰难地走向岸边，上岸了，他看到许多战友沿着一片低矮的树木走，他也就跟着走。没走多远，前面有机关枪在射击，子弹嗖嗖地从渠川头顶飞过，他听到有人在喊：不要紧，打得高，不要紧，打得高。大家都猫着腰，沿着树林跑。渠川第一次参加战斗，没有经验，就跟在一位参加过抗日战争的老兵身后，老兵蹲下，他也蹲下，老兵快步跑，他也快步跑，紧紧跟随。

不久，部队停止了前进，什么原因？渠川看到营教导员和营长在一个小庙里打着手电筒看地图，用雨布挡着光线。他们说这里虽然有敌军，但不是主力部队，跟事先侦察到的情况不一样。敌军的主力在哪里？经过与其他登岛部队联络，终于弄清楚敌军的主力在向海口移动。此时天已大亮，晨雾飘飞，田地起伏，茅屋农舍依稀可见，部队向海口方向行进，途中遇到敌机群阻拦，官兵纷纷就近隐蔽，大部分战士趴在稻田里，渠川趴在一条没水的沟渠中。太阳很亮很亮，把战士们照得清清楚楚。敌机低空飞行和盘旋，渠川侧脸一数，是七架，但没有向稻田扫射。渠川心怀疑惑，敌机为何不扫射？是发了善心？绝不可能，那另有什么考虑？正这么想着，敌机对着不远处的一棵大树投弹轰炸，造成官兵和马匹伤亡。待敌机飞走后，部队继续赶路，到晚上接近海口。

敌军在海口先是发现第四十三军的一个团，以为也是我军渡海的一小股力量，所以就把博铺港一带的主力部队调过去，计划一举把第四十三军的这个团"歼灭"。敌军主力到达海口后，海口的战斗很快进入白热化阶段，炮火升腾的烈焰遮天蔽日。

天黑的时候，渠川跟随部队到达海口，他和预备团在战场的不远处等待参加战斗的命令，周边的流弹流星一样飞过，传来咝咝的声音，他无法判断这些流弹从哪里来，到哪里去，有时感觉已落到自己的头上、屁股上，摸摸头，摸摸屁股，都没有负伤。21日晚，战斗结束，敌军崩溃。23日8时，我军解放了海口。

渠川进入海口后，就不跟预备团了，他去找第四十军政治部主任。主任说：四十军要组建快速部队，往榆林港追击敌人，已

海南岛战场上的渠川

安排了一名记者，你也跟着去。渠川说：我还是不去的好，这几天已掌握了大量的素材，要坐下来写稿。主任说：也好，那你就留下来写稿。这样，渠川就留在海口写新闻稿，那天晚上睡在主任房间的窗台上。

次日一大早，第四十军军长韩先楚审问俘虏需要一个记录员，政治部主任就安排了渠川。审问室里摆着一张小桌子，桌子上有水果和香烟，韩先楚与俘虏面对面坐着，俘虏是国民党的一个中将，在场还有第四十军副军长解方。韩先楚态度温和，说话的声音轻轻的，他问俘虏：海口被我们占领了，你们的部队将会有什么动向？渠川在一旁观察、记录，他本以为韩先楚英武、骁勇，审问俘虏一定吹胡子瞪眼，来厉害的那一套，但实际完全不是，很文明很和善。

渠川在海南岛

　　渠川在海口写了两天稿子后，写了一些部队活动的报道，也写了韩先楚审问国民党中将的通讯，题目叫《一个"中将"的画像》。渠川到榆林、北黎等地采访，目睹了激烈的战斗，目睹了战士的牺牲，如花的生命常常被炮火无情地吞噬。有一次采访途中，渠川看见一架敌机朝他飞来，是加拿大产的蚊式战斗机，就在他卧倒的瞬间，敌机掠过他的头顶射来一束子弹，把他背在身上的搪瓷水杯打出两个弹孔，而他毫发无损。这种事后来在朝鲜战场上屡见不鲜，而渠川仅在海南岛遇过一次。在战场上，渠川学会了根据枪炮声来判断火力点的远近，面对枪林弹雨，不再惊慌。

　　《一个"中将"的画像》发表在《连队生活》报上，这是渠川参军后写的第二个大稿子，第一个是 1949 年 6 月，他写的通讯《国民党给我们上的最后一课》，发表在《长江日报》上。

5月1日，海南岛全境解放，红旗插上"天涯海角"。渠川赶着采访、写稿，还要参加"评功会"，做记录。海南岛鲜花盛开、瓜果飘香，阳光、沙滩、海水都那么迷人，他却没有时间好好去欣赏。5月17日，渠川随"英雄团"离开海南岛，前往广州，"英雄团"是由解放海南岛的一批战斗英雄组成，他们穿过烽火硝烟，披着不朽的荣光。

（三）

新中国成立后的第一个梅雨季里，第四十军准备去河南商丘，准备过没有硝烟、没有战火的生活了。谁料在途经武汉时，武汉的欢迎大会似乎变成了"动员大会"，充满了火药味，大家预感到又要投入新的战争中。原来是在朝鲜内战中，美国出兵干涉，并联合多国成立"联合国军"，将战火烧到中朝边境。

第四十军接到上级命令，不去河南了，转道进至辽宁安东。

1950年7月初，夏日炎炎，渠川和战友们乘坐军用闷罐车，一路摇摇晃晃、开开停停，经过二十来个昼夜，于7月26日傍晚抵达鸭绿江边的战略重镇、中朝边境城市安东。部分官兵入驻日军占领东北时所建的日式房子，晚上，渠川不习惯睡榻榻米，就睡在格子间。

鸭绿江并不壮阔，江面在微风中泛起鱼鳞似的波纹，显得温柔而恬静。对面即是朝鲜，在安东，部队几乎没有休整，就投入练兵备战之中，并观察着朝鲜那边的动向，时刻准备进入朝鲜。9月28日，"联合国军"占领汉城（今韩国首尔），第二天到达北纬三十八度线（三八线）。

10月8日，第四十军编入中国人民志愿军。10月19日，平壤陷落，这一天，渠川接到保卫部电话，说保卫部部长找他。渠川问：什么事？那人说：别问什么事，你赶紧过来。渠川便火速赶到保卫部，找到部长，部长姓吴，知道渠川大学时就读的是外语系。部长说：部队马上就要进入朝鲜了，军里要配备一名英文翻译，我想来想去，就是你了。

部队渡江是绝对机密的行动，需在黄昏进行。19日晚上，第四十军官兵在沉沉夜色下毅然跨过鸭绿江。渠川没在大部队里，而是与军长、政委、参谋长、作战科长以及两位负责电台的女译电员等，组成前方指挥所，分坐吉普车和中卡，过鸭绿江大桥进入朝鲜。在赶赴朝鲜战场的途中，前方指挥所依然与大部队保持一定的距离，可隐约听到远处战士的脚步声和骡马的喘息声。道路上有许多炸弹炸出的大坑，车子一路颠簸。路上还有成群结队北撤的朝鲜人民军官兵和难民。

10月25日，第四十军打响了抗美援朝的第一枪，揭开了抗美援朝战争的序幕。两天后的一个晚上，我军抓获了一个美军少校，渠川也出色完成了审问俘虏的翻译工作。审问在一个小房子里进行，第四十军军长已是温玉成，他问俘虏：你们美军知道中国军队进入朝鲜吗？俘虏说：不知道，上级没有传达，不过我在稻田里发现一具士兵尸体，穿着一种中国鞋，预感中国军队来了，马上发电报告诉后方，战场上发现中国人。军长问：那你估计我们来了多少人？俘虏说：我们听说鸭绿江南岸的水丰发电站是中朝合用的，估计中国会派兵来保护这个水电站，但不会有太多兵

朝鲜战场上的渠川

力。在那昏暗而跳动的蜡烛光里，温玉成把该问的都问了，俘虏也都一一回答，渠川的翻译流畅而精准。当时，朝鲜人民军濒临覆没，整个战线上下失去联系，我军掌握的敌情也非常有限，这次审问显得特别重要，温玉成把有关情况连夜报告给志愿军司令员兼政治委员彭德怀。

这次翻译后，保卫部吴部长把渠川留下来，让他参与筹建战俘营。战俘营很快建立起来，渠川担任美俘工作队队长，成员

渠川（前排右一）与战友在一起

十六人。

抗美援朝第二次战役是志愿军扭转朝鲜战局的一次战役，"联合国军"败于西部战线的清川江两岸和东部战线的长津湖畔，被迫放弃平壤等地，退至三八线以南。此次战役俘虏了大量敌军，渠川的工作顿时繁重起来。战俘营里有二百来名美军俘虏，他带着美俘工作队成员既要管理俘虏，不出大的事故，如逃亡、暴动等，同时还要保护他们的生命安全，特别在空袭时，不能让他们被打死。做这方面工作渠川没有经验，只有靠自己摸索，他制定了一些制度，并处处以身作则，吃苦在前。渠川时时刻刻都处于一种高度的紧张状态之中，他又一次经受了严峻的考验，他要表现出对党对人民的无限忠诚。

经过渠川和美俘工作队成员的共同努力，一天又一天，总算平安地过去，熬过了一个多月，志愿军总俘虏营接收了这二百来名美军俘虏，办完了交接手续，渠川心中压着的那块大石头落地了，他长长地松了口气，如释重负。一些身负重伤的俘虏，总俘虏营通过朝鲜群众送回美军防线。

美军飞机像大鸟一样贴着山梁、掠着树梢飞来飞去，枪炮声、爆炸声接连不断地响起，志愿军频繁出现因空袭而造成的人员伤亡。渠川认为杀伤力极强的是美国新发明的喷气式战斗机，这种战斗机在第二次世界大战时还没有出现，五年后在朝鲜战场上出现了，其特点是飞行速度快，攻击精准度高，往往飞到我军上空，我军还没有发现，等到发现，战斗机已经开火或投弹，造成志愿军大量伤亡。

时节又进入冬季，下着的雨不知不觉变成了大雪，大雪在呼啸的北风中肆虐行军的战士；清川江上结起了冰，冷透骨髓的破碎冰块和江水把许多过江的战士冻伤；后勤供应困难，饥饿更使官兵感到身体虚脱，有一种随时就会倒下的感觉。

（四）

抗美援朝第三次战役结束后，已是 1951 年 1 月 8 日，志愿军主力部队转入短暂的休整。粮食和衣被奇缺，战士白天藏在雪窝里吃野菜和树皮，浑身冻得发紫，晚上用简单的工具修筑工事，但很快，又投入朝鲜战场上最残酷的第四次战役。

在第四次战役中，志愿军又俘虏了一批美军，渠川的战俘营有五十来个俘虏，他的神经又顿时高度紧张起来。物质条件极差，他饥寒交困，却丝毫不放松俘虏工作，没有一个俘虏逃跑，可是，有一次美军飞机低空扫射，却打死了战俘营里十九个俘虏。

原来志愿军在撤退途中，战俘营也跟着迁移。一天下午，战俘营跟着部队撤到一个村庄，俘虏被安排在民房里住下，一会儿，四架 F-84 雷电式美军战斗机飞临村庄上空，轮番向俘虏营一带扫射，当时渠川正在俘虏营附近的一个小山头上，看到这一切，连呼"不好"，但有什么办法？等到美军战机飞走后，他向俘虏营跑去，一清点，共有十九个美军俘虏中弹身亡。

渠川心里很难过，这是他在担任美俘工作队队长期间，出现的一个大事故。渠川和战友们把被打死的俘虏一一埋葬，坟头立了十字架，虽然简陋，用中国人的话说，也叫入土为安。俘虏营里的一些俘虏给家里写信，也说了自己军队的战机把自己的同伴打死的事实，这些信件，由志愿军通过香港转发到美国。

损失了这么多俘虏，渠川挨了领导的批评。如何抓好俘虏的安全工作，渠川不断总结经验，也一直提心吊胆。后来，俘虏也交给了志愿军总俘虏营。

这一年的春天在滚滚烟火中到来，冷雨霏霏，残雪消融，水田白了，河道宽了，野草的花束铺满了遍布着弹坑的山峦，第五次战役在不息的春风中开始了，漫长而惨烈，是五次战役中我军

渠川（后排中）与战友在一起

歼敌最多、也是牺牲最大的一次战役。渠川几次到前线去，通过无线电窃听敌方的动向，与战士们住在坑道里，彼此结下了深厚的战友情谊。有一个晚上，一位副连长带队去打反击战，出发前问渠川：你手电里的电池还有电吗？渠川说还有。副连长说：能否送给我？我的电池没电了。渠川就把手电筒里的电池拿出来给他。副连长拿着电池转身走出坑道，他这一走，就再也没有回来。

经过七个多月的军事较量，敌我双方在三八线附近呈"顶牛"之势，美国政府决定同中朝方面举行谈判，谋求停战；中朝方面表示同意。于是，抗美援朝战争进入第二个阶段，出现长达两年多的边打边谈局面。

1951年10月，渠川回到第四十军政治部，在敌工科当干事。

一天晚上，前线送来一个俘虏，是澳大利亚的飞行员，当时第四十军战俘营已撤（所有俘虏都交给了志愿军总部战俘营），飞行员没有地方睡觉，就与渠川睡在一个炕上，第二天送到总部战俘营。又有一天，前线送来一个二十来岁的美军俘虏，是军车司机，晚上也与渠川睡在一个炕上。第四十军炮兵团一位团长得知有一个会开车的俘虏，很是高兴，说自己团里缴获的一辆吉普车正缺司机，就让这名俘虏给他开车。团长是东北人，讲一口东北话，美军俘虏跟了团长半年后，居然也能讲一口流利的东北土话，与团长打扑克，丁扣、丁扣，叫得特别响亮。

这段时间，渠川有了空闲的时间，他又想起写小说，但毕竟在战场上，敌机经常在头顶盘旋，还时不时传来清晰的枪炮声，危险时刻存在。有一天晚上，月光皎洁，四野宁静，渠川在防空洞里回想战场上那些可歌可泣的英雄事迹，心中有着强烈的文学创作欲望，忍不住点上蜡烛，扭开墨水瓶的盖子，摊开笔记本，拿着蘸水钢笔写了起来。不料刚写了个开头，他就听到敌机飞来，紧接着一声巨响，一道闪电划破夜空，一股气浪把桌上的墨水瓶冲到地上，烛光也被灭掉了，连防空洞的窗户纸也被撕裂了。这炸弹的威力太猛烈，一定是在很近的地方爆炸，渠川摔下蘸水钢笔，骂了一声，不写了，就趴在地上听动静，他猜测这炸弹是炸在附近山沟里的第四十军政治部。待敌机飞走后，渠川飞速跑到政治部主任所住的地方，一看，一切正常，政治部有人告诉他，是驻扎在对面山头的文工团被炸了。渠川又跑到了文工团，浓烟滚滚，一片狼藉，他马上投身抢救的队伍中。但那次，文工团伤亡十九人，团干部全部牺牲了，当时他们都已睡下。据分析，敌人可能掌握了第四十军司令部的位置，出动敌机来轰炸，炸弹却扔到了司令部和政治部之间的文工团，距离司令部不到一百米。

有一天渠川去第四十军宣传部，见到一位记者在看一期《人

民文学》。记者说，这份杂志是
寄给你的，里面有你写的小说。
渠川赶忙拿过来翻看，原来他的
《一心向党》已发表在1951年
1月号的《人民文学》上，这让
他喜出望外。不久，他收到了
四十元稿费，这稿费不低，那时
他一个月的津贴是二十元。此后
几年，《一心向党》获了一些奖
项，被编入多本书刊中。

渠川像

　　1952年4月开始，第四十
军基本上进入"坑道作战"，没
有大的战斗，只派小股部队在山
沟里进行一些侦察，或在冰凉的
坑道里待命。到了10月份，有
了一次规模较大的战役，敌我双方为了抢占有利地形，弹上膛，
刀出鞘，展开了一场场血与肉的拼杀，进行一次次殊死较量。我
军士气依然高昂，在硝烟弥漫的战场上，喊杀声混合着枪声、爆
炸声，响彻山谷。

　　这次战役后，第四十军紧急把驻地交给第四十六军，并迅速
转移到平壤以北，在沿海一带驻扎下来，构筑防御工事。渠川听
说美国新当选的总统艾森豪威尔为了扭转美军屡遭打击的败局，
企图在朝鲜东西海岸蜂腰部进行两栖登陆作战，同时，伴以空降
兵作战，切断我军后方补给线，尽快打赢和结束战争。

　　在朝鲜战场上，制空权一直牢牢控制在美军手中。志愿军自
然心知肚明，敌军就想先实施大轰炸，使我军遭遇重大损失后，
或躲在工事里不敢出来，没有了抵抗能力，他们就可以肆无忌惮

渠川（后排左二）与战友合影于咸宁（1949年5月）

地出动空降部队。中央军委和毛主席更是及时、准确判断敌情，指示志愿军加强海防，做好抗击登陆的准备。

第四十军虽然没有经历过"打空降"，但与美军作战两年，也并不惧怕，全军上下都拿起了长枪，练习了投弹，充分部署和准备"打空降"。并且，第四十军做了最惨烈的准备，提出了"没了我们一个军，还有别的军"的口号，做了全军官兵全部牺牲的准备，一定要把敌人的两栖登陆和空降部队打垮，粉碎美军妄图以正面进攻打破相持局面的梦想。

有着极强空中侦察能力的美军，对志愿军的准备与决心自然清楚，他们担心在登陆作战时会遭遇惨重伤亡，付出难以承受的代价，并且，美军在朝鲜东西海岸登陆的作战计划也遭到了其盟国的反对，最后，美国选择退缩。这个蓄谋已久的计划就这样胎死腹中。

1953 年 7 月 27 日，朝鲜战争停战协定正式签字，当晚，渠川就与部分志愿军秘密离开朝鲜，回到祖国。经过鸭绿江大桥后，渠川在清爽的江风中回首望了望江那边的朝鲜，在那片本来美丽富饶、而今千疮百孔的山川，留下了多少中国人民志愿军英勇的事迹和不朽的赞歌呀，当然，也留下他青春的影像。而祖国，对于一个离开她三年的战士，又是多么地热爱。

回国后的渠川，无论在部队，还是到地方单位，都痴迷于文学，参与编辑了大型丛书《志愿军一日》和《星火燎原》，创作了长篇小说《金魔》和《官痛》，在人生的旅途上，他经历了岁月的风霜，更拥有写作带给他的累累硕果。在我写作此文时，渠川先生来电告诉我：《星火燎原》丛书由中央军委政治工作部编辑制作了《星火燎原全集》（融媒书），在庆祝中国共产党成立 100 周年之际出版发行，中央电视台《新闻联播》正在播报出版消息呢。

五

渠川的温州情缘

五、渠川的温州情缘

作家渠川先生创作丰厚，人生经历富有传奇。出生于富贵门第的他，在天津度过童年及少年时光，就读燕京大学时成绩优异，却没等大学毕业就去参军，相继参加解放海南岛、抗美援朝等战斗。后来，他安居乐业于温州，从一个历经战火磨炼的军人转型为勤勉写作的作家，让人生的每个阶段都有不同的精彩。他跟我讲起自己与温州的情缘，言语中始终浸润着对温州执着的热爱。

（一）

1953年抗美援朝结束，身为志愿军第四十军敌工科干事的渠川回国，到解放军一一九师政治部宣传科，当宣传助理员。不料没过几天，被第四十军召回，进入写作班子，先是写《志愿军烈士传》，接着又写《志愿军英雄传》。不久，渠川又接到通知，组织要调他到总政文化部《志愿军一日》编辑部当编辑。

志愿军总部发起"志愿军一日"征文活动，部队里纷纷展开了写作活动。渠川扛着行李卷到总政文化部报到，各师已送来一些征文稿件。渠川担任征文组副组长，与编辑们一起选稿、改稿，还要写稿签，一直到1955年年底，他才结束了编辑工作，重新回到师里。《志愿军一日》全书共四册，总计一百二十万字，作者上自志愿军总部领导，下至基层士兵，共五百多人。直到1956

年 10 月，才完成这部堪称巨著的《志愿军一日》的编辑与出版工作。

回到解放军一一九师的渠川，正赶上苏联红军将旅（顺）大（连）交还给中国，苏联驻军分批撤离，我军分批进驻旅大，一一九师也奉命到旅大修筑国防工程。师政治部宣传科派渠川一个人到旅大去工作，他既要编辑一份小

渠川在长城上

报，又要负责宣传报道，还要参与创办一个部队业余文化学校，有时还要参加部队的调查研究，工作非常繁忙。可以说，这段时间是渠川参军以来最是没日没夜工作的时候，但见到旅大完全回到祖国的怀抱，再忙也是开心的。

1956 年 7 月，中央军委决定出版一部反映我军三十年斗争历史的回忆文集，以纪念建军三十周年，此项任务交给了总政。于是，总政发起纪念"中国人民建军三十周年"征文活动，号召红军时期、抗日战争时期和解放战争时期入伍的官兵拿起笔来写回忆录，写一篇自己在战争中最难忘的一件事、一个人或一次战斗，命各师和师以上单位成立征文组。

一一九师接令成立征文组，任命渠川为征文组组长。渠川因在《志愿军一日》编辑部工作过，对总政的要求十分熟悉，征文工作很快进入快车道。他还向一一九师师长符必玖约稿。符必玖是四川宣汉县人，1933 年参加中国工农红军，经历了红军时期、

《志愿军一日》编辑部人员在莲花池驻地合影（后排左三为渠川）

抗日战争时期和解放战争时期。新中国成立后，他历任军长，参谋长等。不久，符必玖写出了一个初稿，拿给渠川看。

那是1936年夏天，红四方面军从甘孜出发，身为第十二师第三十五团机枪连文书的符必玖，在第三次草地行军途中，肩膀上的粮袋瘪了下来，所带粮食吃完了。草地上挖不到野菜，再加上高原空气稀薄，他又冷又饿，感觉到自己危在旦夕，过不去草地了，不能和大部队一起北上抗日了。晚上，符必玖在墨曲河河边宿营时，想起一路上不断倒下的战友，越想越害怕，就偷偷地哭了。不料他的抽泣声惊动了身旁的卫生员，卫生员关心地问他为什么哭。符必玖把情况和想法说了。卫生员让他不要哭，说：我还有一些干粮，咱俩一起吃。就这样，符必玖与卫生员互相帮助，互相鼓励，他们共用一个做饭的瓷壶，共用一个洗脸的瓷盆，一起艰难地走过草地，到达陕北，参加了抗日。在稿子的结尾，符必玖写道，这位与他生死相依、患难与共的卫生员叫冉瑞云，"自从陕北整编以后，我们只见过两次面，每次我们都亲切而激动地回忆着长征生活；每次也都是依恋不舍地分手。以后，我到延安，他到东北，一直没有再见到我这个情谊深厚的战友。冉瑞云同志，你能告诉我，你如今在哪儿？你好吗？"

渠川读完稿件，觉得这是一篇上乘之作，总政要的就是这样的稿子。他马上对稿子进行了修改润色，取了一个题目《永久的感念》，寄到沈阳军区征文组。军区征文组也认为这是一个好作品，立即送到总政征文编辑部。编辑部负责人阅读了稿子后很高兴，征文开始不久，就收到了好稿子，怎么不叫人开心？编辑部以最快的速度让《永久的感念》在《解放军报》发表，给全军各征文组提供一篇"范文"，从而推动征文活动进一步开展。

《永久的感念》在《解放军报》发表不久，被仍然在部队的冉瑞云读到了，他读得热泪盈眶，百感交集，马上给《解放军报》写了一封信。《解放军报》把该信发表出来，题为《战友的回音》。这件事成为军中的一段佳话，《解放军画报》《辽宁日报》等报刊纷纷做了报道。

中苏友好协会机关报《中苏友好报》把《永久的感念》翻译成俄文，介绍到苏联。苏联的一位退伍军人读后，给《中苏友好报》写了一封信，询问符必玖有没有找到战友冉瑞云。《中苏友好报》把这封信转给了符必玖。符必玖给苏联退伍军人回信，说自己已经与冉瑞云见面了。此后一段时间，符必玖与苏联退伍军人多次书信往来，成了莫逆之交。《人民日报》《解放军报》对这件事又进行了跟踪报道。

《处女地》杂志转载了《永久的感念》。总政征文编辑部为《永久的感念》写了评论。1957年7月，为庆祝中国人民解放军建军三十周年，总政征文编辑部还请符必玖朗读了自己的这篇文章，在中央人民广播电台播出。

在一一九师里，渠川入了党，入党时间是1957年2月26日。不久，渠川又被四十军政治部调去，任征文组副组长。

那年，渠川二十八岁，一位在辽宁鞍山公安局任职的老同学来信，说要给他介绍对象，是一位温州姑娘，姓周，名玉华，文静端庄，儿科医生，比他小五岁。渠川读了信后有所心动，那年"五一"假期就去了鞍山。见面后渠川得知周玉华是温州市区人，在抗美援朝期间响应国家号召报名参军，批准后被安排到武汉某空军学校学习三年，1954年被分配到沈阳航校卫生科当医生，1955年转业到鞍山。周玉华眉清目秀，身材匀称，有着江南女子清纯温柔、娴雅大方的气质。她请他看了一场电影，他请她吃了一餐饭，短暂的相见，都给对方留下了好印象。渠川回部队后，他俩就依靠书信传递绵长的爱恋。

一年后，周玉华得病住院，渠川匆匆赶去看望。她得的是"风湿热"，幸亏在医疗单位工作发现得早。周玉华经过治疗，病情有了好转，疗养半年后基本恢复，但是在寒冷的东北，她的病情

周玉华像

有可能复发。1960年，她向组织要求调回冬无严寒、气候温润的家乡温州，领导爽快地答应了，家乡也愿意接收。在调回温州之前，周玉华去北京看望心上人，那意思是要订婚。这时渠川在沈阳军区从事全军区的征文工作，正在北京西山的中国作协创作基地埋头编辑稿件。

周玉华已知道渠川醉心文字工作，她也在渠川的来信中早就知道在1960年4月时，总政征文编辑部把各大军区的

征文组编辑人员全部调到北京，一起完成征文稿的筛选、修改和编辑成书等工作。

军人周玉华

渠川忙里偷闲，带着周玉华在西山转了一圈，参观了几处景点，就算订婚了。临别时，周玉华问渠川什么时候结婚。他说编稿挺忙，请假不容易，到春节才有假期。她又问在哪儿结婚。他说在温州结婚，想看看温州。

周玉华到温州一所机关幼儿园当医生，她很乐意，幼儿园离她家很近，五十米的距离，但想念的人过于遥远，她在等待春节的到来。1961 年 2 月 4 日，渠川来到了温州，这是他第一次来温州，找到了安澜亭附近上岸街周玉华的家，一栋三层木屋。新姑爷进门，也不知道有什么规矩，见过周玉华和她家里人后就坐在床沿上，有家里人端来一碗糯米小汤圆给他，他吃着细嫩光滑的小汤圆，感觉心里暖暖的。周玉华的母亲在家里做了一桌丰盛的菜，兄弟姐妹和姐夫都来了，大家边吃边聊，满满都是幸福的滋味。家里人见他清癯俊爽，有着文质彬彬的书卷气，也都喜欢。吃过这一顿就算结婚了。

渠川在爱人家住了一个月，让他记忆深刻的是，家里的木马桶让他太不习惯了。爱人陪他逛街，他发现街上人很少，房子那么破旧，采光普遍太差。上岸街上有些房子居然没有后墙，依靠在流水潺潺的山崖上；广场路算温州的市中心，还有用稻草盖起来的房子，房间非常幽暗。商业也不繁荣，傍晚商店早早打烊，街上连个人影儿都没有。巷弄里常有随地小便的人，大家都见怪不怪；公共厕所肮脏，不分男女。当时的温州文明程度确实不高，市民还不大讲礼貌，也不会讲客气话，不善寒暄。渠川从小在家中受过系统的礼仪教育，如见到客人要鞠躬，鞠躬要双腿并拢，双手紧贴裤线，不同的客人有不同的招待、行礼方式。

他对温州城饶有兴致，温州简称"瓯"，传说建郡城时有白鹿衔花绕城一周，故名鹿城，是江海之汇、孕育人杰的地方。城区一些老宅子白墙黑瓦、小桥流水，青砖小径屐痕深深；城外田畴纵横，水草丰茂，桃花灼灼，江水载着世事悠悠流逝。无疑，他是喜欢温州、留恋温州的，可是，一个月的假期很快结束了，他要走了，要离开爱人、离开温州了。新婚夫妻难舍难离，三叠阳关，她一路相送，送到了杭州，又送到了上海……

渠川、周玉华结婚照

86

1961 年 11 月，女儿渠琦降生，但一家人一年只能团聚两次，长时间的别离，夫妻俩思念之情愈加浓郁，心情也不免焦虑。

1963 年 9 月，稿件编辑进入尾声，书名定为《星火燎原》，毛泽东主席亲笔题写书名，朱德委员长为之作序，邓小平题词，周恩来、刘少奇、彭德怀等党和国家领导人亲自修改文稿，五百来位亲历战争的开国将领执笔撰写，全书共收入六百三十七篇文章，三百六十万字，分十集。

那一年，周玉华希望渠川调到南方工作，因为儿子渠奕也降生了，养育孩子的担子更沉重了。渠川去找编辑部领导要求，领导考虑到他的实际困难，答应他调动，并由组织出面，在南方联系下了一个单位。可是在办理调动手续时停住了，因为团以下干部调动，要得到军区同意，而军区正在安排渠川到军区文化部创作组做专业作家，是文学对于渠川的吸引力，并不是作家的头衔，但能带给他实现愿望的动力。

窗间过马，似水流年，又过去了几年，"文革"开始了，渠川要参加一个接一个的运动。在两地分居的十年里，每年渠川到温州一趟，周玉华到北京一趟，过着牛郎织女般的日子，上演酸甜苦辣、分多聚少的悲喜剧。

渠川夫妇咀嚼着分离的痛苦，坠落在思念的深井里。他们等着"文革"结束，等待新政策的出台。渠川面对妻子与孩子，愧疚满盈胸怀，可是愧疚是最无用的。

到了 1969 年 6 月，军委有了复员的新政策，渠川觉得不能再等了，他要下决心到温州来，到妻子和孩子的身边来。经过多方努力，他终于办理了去温州工作的手续。军里领导还想挽留他，说：老渠你不要走，可升为团级干部，去当新华社大军区的记者。渠川说：我要回温州，在温州当工人我也干。

1970 年 1 月，渠川复员，来到温州。

（二）

渠川、周玉华在一起

从北京来到温州的渠川，这一年四十一岁，正是年富力强之时，成了温州渔业机械厂的翻砂工人。机械厂有职工亲七百多人，他所在的车间一百多人，工友大都是小年轻，工作压力不大，人际关系也不紧张，他反而感到轻松自如。工友看他年纪大，级别高，像个干部；感觉他性格耿直，以诚待人，视为知己。他在车间没待多久，被调到厂部实验室，这也是厂领导对他的照顾。有一次，温州武装部给厂里来电话，点名要渠川过去帮助写稿子，整理民兵代表大会的材料。这时，厂里才有人得知他文化程度高，猜测他原是《解放军报》的记者。1973年渠川胃病发作，疼痛并出血，一位工友介绍自己在温州第一医院当外科主任的父亲给他开刀，在养病期间，有工友在病房里陪护他，医疗费用厂里给予报销。感情一旦生根，自如春雨滋润，分蘗萌发，渠川感恩工厂，热爱这个温暖的大家庭。

时光如轮，"文革"终于结束，大家擦拭身上的尘垢，带着或深或浅的伤痕，投身恢复生产的热潮中。中央对军队干部"复员"政策进行了改正，对复员人员恢复"干部籍"（干部身份）和原有的级别。1979年3月，沈阳军区一名科长来到温州，给渠川落实政策。渠川成为军龄三十年、行政十七级的干部。

在"文革"中被迫停止办学的浙江渔业机械技工学校，由温州渔业机械厂负责恢复办学，招收宁波、温州、舟山、台州的初、

周玉华家人合影

高中毕业生，培养出一批技术工人。谁来牵头筹办这个学校？厂
领导想到了渠川，厂书记找他谈话，意欲任命他为副校长。渠川
正想做些事情来回报工厂对他的关心，听书记一说，欣然答应。

涉足新领域，万事开头难。办学校最主要的是场地和师资。
机械厂厂区位于郊区洪殿，周边是低矮的民房，基础设施落后，
多为颓垣败井。工厂领导商定，拿出大额经费新建了两间房子，
作为教室。教师四处寻找物色，有来自工厂的资深化验员、"右派"
平反的老教师、复旦和杭大毕业的高才生以及县里借调的教学新
秀。学生要管吃管住，住宿租用民房，再在教室旁边搭建一个棚
子饭厅，也做会场。渠川事无巨细，事必躬亲。这些十五六岁的
孩子，正处在叛逆期，言语和行为往往犹如暴风雨，不懂得控制
自己。为了管好他们，渠川更是倾注了全部心血。他忽视了自己
的身体，累得尿血，而两个班级一百二十名学生的学校，如期开学，
走上正轨。

渠川（前排左六）调离渔业机械厂时与同事合影

渠川在工厂度过了十个年头，这是他人生中充实而愉快的一段生活，尽管艰辛，但值得记忆。他对温州有了深层次的了解，沉浸在温州文化的氛围中，也完全融入温州人的生活里。

（三）

渠川心系文学，热爱文学。他说：我读高一时开始对文学有了浓厚的兴趣，看鲁迅、茅盾的书，看巴金、老舍的书，1944年写了第一篇小说，写自己与一只黑狗的奇遇，发表在天津的报纸上，在1947年考取燕京大学之前，已发表了九篇小说。1948年我离开燕大去冀东解放区，而后参军参加解放海南岛战役，在枪林弹雨、敌机盘旋下还不忘写小说，发表在《人民文学》1951年1月号上的《一心向党》，就是那时写出来的，次年在第四野战军文艺检阅大会上获文学奖。20世纪五六十年代我在北京也写了不少稿子，其中《生命不息，冲锋不止》还被选入教材。

渠川身在工厂时远离了文学，他的心却如瓯江里的卵石，安静地沉在江底，拥抱所有的充盈与贫瘠，他相信只要理想没有泯灭，一切都在蓄势待发，命运也会眷顾永不言弃的人。1980年，五十一岁的渠川受人帮助，为着心心念念的文学调到市文化局工作。他终于归队了，重操旧业，用他自己的话说是"开启了第二次人生"。

渠川走近了文学，工作热情高涨，他与同事一起酝酿创办文学刊物，举办文学学习班，主持文学笔会。1981年温州地、市合并，恢复市文联，渠川到了文联工作，历任秘书长、办公室主任、党组成员。他把文联工作与文学写作合二为一，创作于他，不只是一种爱好，而是事业的一种追求。他在文联思考与探索文学本身的独特问题，"小说三步走"的创作计划逐渐明晰并深藏于心。1984年渠川重拾写作之笔，偷偷在家里写起小说，早年的文学历练为他的写作奠定了扎实的基础，"前两步"异常顺利，反映小学老师生活的短篇《笑》发表在《羊城晚报》上；描写抗美援朝战争中的俘虏工作的中篇《皇帝陵墓和战俘的坟》发表在《海峡》杂志。短篇是文笔洗练的美好，中篇是结构精巧的瑰丽，他的"第三步"是想来一个不拘一格的"宏大叙事"，这一短一中，便成了他创作长篇小说《金魔》前的"试水"。

《金魔》书影

渠川有一次出差杭州，下榻

《金魔》书影

招待所与温州音乐家林虹同住一个房间。晚上夜深人静，两人拉灭了电灯躺在床上，又都没有睡意，便闲聊了起来。渠川说起了家事：我曾祖父渠源浈开办的票号三晋源在山西票号里，其地位和财产排名在第三或第四位，曾在北京、天津、上海等地设有分号。清末民初徐珂编撰的《清稗类钞》曾对渠家的资产做过一个保守的估计，不会少于四百万两白银。但他脾气古怪，比如不让我祖父求取功名，闹得父子矛盾很大，他就把我祖父赶出家门。我祖父渠本翘偏偏很会念书，中了解元，而后又中了进士，"学而优则仕"，皇帝亲自赏官给他，在内阁做了中书。我父亲渠晋铨，精通英语，可是不会经商。辛亥革命时，银行顺势成立、应运而生，山西各大票号都走下坡路，渠家和乔家（就是电视剧《乔家大院》里的乔家）坚持到最后，在 20 世纪 30 年代末 40 年代初歇业，不是倒闭，是不干了。渠、乔两家是亲戚，我曾祖母就是从乔家嫁过来的。我母亲翁之菊是晚清著名政治家、同治和光绪两代帝师翁同龢的重孙侄女。

林虹听到这里，忽地从被窝里坐了起来，指着渠川的鼻子说："你如果不把这些写出来，你就白来人世一趟。"林虹听了渠家的家事，惊动到这种地步？这让渠川很意外，他心想：不写是否真的白来人世一趟？写了就没有白来人世一趟？他以前没有好好思考过，现在必须认真对待了。他愈想愈觉得林虹说得有道理，把渠家故事写出来很重要、很迫切。

1985 年初夏，编发《皇帝陵墓和战俘的坟》的《海峡》杂志编辑施群来信，询问渠川最近在写什么稿子。渠川就把准备写渠家故事的想法相告，不料施群接信后马上电话与渠川联系，并说："渠川同志，我建议你接下来什么事情都不要干，马上把这本书写出来。"渠川一听很高兴，这不是等于向他约稿，要给他出书吗？就爽快地答应"马上写"。施群问："大概要多长时间可以写出来？"渠川想了一下，说："两年。"当时，两个人就达成了一种默契。

1985 年炎炎夏日，渠川开始做创作长篇小说的准备工作。他请了创作假，到太原、晋中等地实地考察和体验生活，他到财经学院走访教授求教票号的专业定位，他大量阅读清代小说、历史典籍、传说故事。他深入采访、勤做笔记、披沙拣金，翔实的基础材料如同珍贵的种子植入了他的心里，很多感觉被调动，很多记忆被激活，他把自己的情感安放到一种特定的氛围里，走进了渠家当时所处的文化状态中。

创作假结束了，有同事给他接风。他又请假两个月，去了一

渠川（左）在山西祁县老家与亲戚合影

趋北方。他先到故宫博物院明清档案馆，查阅曾祖父渠源浈、祖父渠本翘当时在刑部和内阁留下的材料，也借此找一找清朝官场的"感觉"。他每天清早去明清档案馆，一直到下午四点闭馆时才离开，他在刑部的档案里查到了他曾祖父参阅文件的亲笔画押，还看到了曾祖父参加夜间值班的排班表，以及曾祖父请假回家的请假条。这使渠川初步了解一个"捐班"的员外郎都做些什么工作，以及拥有的权力。同时，他也了解了科举出身、中了进士后皇帝授职内阁中书的祖父，都做些什么工作，以及拥有的权力。渠川还了解到了清末官场的行文规矩、各种公事的称呼和朝廷对各级官员的管理等。渠川想象着这些官员的工作、生活、活动、交际等，清朝官场里的"感觉"找到了，小说的结构了然于胸，各色人物的独有个性和心理特征烂熟于心，作品呼之欲出。

渠川又去了山西祁县，观察那里的居住环境、生活习惯、风土人情和气候条件等。他查找了资料，进一步了解山西票号的历史、渠家经营票号的情况、曾祖父在票号界的地位以及曾祖父、祖父的各种传说、评价等。

渠川回到温州后，仍然不急于动笔。他又阅读了许多晚清小说，熟悉那时候人们的语言特色，避免在自己的小说里，出现"梳着辫子的男人讲着当代人的话"。直到1987年3月，他写下《金魔》的前两章，写得异常顺利，一写而不可收，不多久就把"第一部"的七章写完了。他把这七章誊抄一番，寄给施群。施群读了后，表示满意。渠川一鼓作气，继续写下去，一直写到1989年3月脱稿。他把稿子交给施群，施群所在的海峡文艺出版社在第二年9月出版了《金魔》，这是温州的第一部长篇小说。

在渠川创作《金魔》的几年里，许多人关心着他，询问写作、

渠川在《金魔》首发式上发言

《金魔》首发式

出版情况。现在，作品出版了，应当给关心的人一个答复。于是，他准备自筹经费举办首发式。1990 年 11 月，温州已添了几分凉意，但阳光一照耀，就处处是温婉的柔和，天空明朗纯净。《金魔》首发式在温州海坦山上的海员俱乐部举行，渠川的文朋好友来了三十多人，包括评论家雷达、吴秉杰、盛子潮、洪禹平和《金魔》的责任编辑施群，首发式开成了研讨会，与会者一个接一个发言，对《金魔》做了高度评价。《文艺报》《文学报》等对首发式进行了报道。

《金魔》面世后引起中国文坛的高度关注，评论蜂起，评论家普遍认为，《金魔》是我国第一部反映票号的长篇杰作，通过一对父子在经商谋利和读书求仕这两条人生道路选择上的激烈冲突，深刻反映中国近代史上两种思想、两种意识的矛盾与博弈，让读者有身临其境、身经其事的真实感和共鸣感。塑造的一系列

渠川与电视剧《昌晋源票号》海报合影

人物形象丰满生动，主人公沮源潢成了晋商的典型形象。同时也构筑了当代温州文学新的高峰，感召和激励温州作家攀登新的文学高度。《金魔》获华东优秀文艺图书评比一等奖。

这样一来，《金魔》就引起了影视界的注意。1991年元旦，峨眉电影制品厂一位女导演找到渠川，谈了把《金魔》改编成电影的想法。不久，山西电视台有两位工作人员也找到渠川，提出要买断《金魔》的影视改编权，渠川爽快地答应了。渠川跟笔者说："当时我已得知山西电视艺术家协会主席、一级编剧华而实写信给山西省委书记王茂林，希望王书记也读一读《金魔》这本小说，并建议改编成电视连续剧。我还听说山西那边许多人都很欣赏这本小说。"所以他才毫不"吝啬"地答应了。

山西电视台买断《金魔》的影视改编权后，与中央电视台影视部合作，改编为电视连续剧《昌晋源票号》，由孙伟执导，李丁、樊志起、王斑等主演。剧情表现了清末民初山西商业金融资本家徐源潢，锐意经营，生财有道，创办了山西第一家昌晋源票号；各大票号在社会变革中明争暗斗，兴衰存亡；再加上徐源潢与几位不同阶层、性格迥异的女性发生了情爱恩仇、悲欢离合，演绎了一场惊心动魄的商战传奇。1993年年底，《昌晋源票号》拍摄基本完成。

1994年国庆节期间，每晚黄金时间段，《昌晋源票号》在中央电视台热播，引起观众对电视剧的极大关注和讨论。那一年，中央电视台多个频道轮流播放了《昌晋源票号》，反响热烈，山西则更为轰动，出现千家万户共同追剧的景象。光明日报社文艺部、中央电视台影视部牵头召开研讨会，中宣部、中国电视艺术委员会、求是杂志社等有关专家五十多人参加，《人民日报》《光明日报》等全国多家报刊发表了评论。《昌晋源票号》大获成功，获得飞天奖。

当然，长篇小说《金魔》和电视连续剧《昌晋源票号》也震动了许多熟悉渠川的人。渠川在天津、北京读书时的同学，部队里的老战友，纷纷来信或来电表示惊异和欣喜，说他六十多岁了还写出这么有影响力的长篇小说，真是了不起。

《官痛》书影

写作，让渠川收获了种种赞誉，荣誉与热闹并不是他写作的动力，本心才是。完成了《金魔》，有关部门和出版社要求他抓紧创作"续集"。他却耐着性子，不改变写作节奏，不急于下笔。

他又去北京、天津、山西等地调查，更加深入地了解祖父的生活、工作情况，收集他的故事。祖父渠本翘是翁同龢的门生，在风雨飘摇的清政府做官十年，达到二品，与李鸿章、康有为、梁启超、谭嗣同、袁世凯等有诸多交往，在京城人缘好，人脉广。他历经甲午战争、公车上书、戊戌变法和义和团运动后，目睹身边的人被残杀、被驱赶，"六君子"中的杨锐、林旭与他同在一室办公，他内心遭受极大的痛苦，也有了新的政治理想，有了强国梦。渠川要写祖父为官时内心的痛苦，写先进与落后、英明与庸碌、聪睿与愚昧、理智与荒唐、仁慈与残酷、光辉与黑暗的交集与争斗。

1998年，他开始创作第二部长篇小说《官痛》。施群催促他加快写作进度，不要像写《金魔》那样有点"拖"。他说：这第二部小说内容复杂，人物众多，而且故事线索不明显，要花很大的工夫构思故事和塑造人物。这次，还真说不出要写多少时间，但肯定在短时间里是写不出来的。

尽管《金魔》写了好几年，渠川却认为写得还比较仓促，因为他答应施群要在两年交稿，他必须加快写。写《官痛》，他不想赶时间，他要从从容容地写，不紧不慢地写，水到渠成地写。谁料他这样一放松，写了整整十年。而这时，施群早就调离了海峡文艺出版社，渠川还得去找其他出版社。2011年，《官痛》由上海文艺出版社出版，这时渠川已经八十岁了。

《官痛》不像《金魔》那样写的是家庭的矛盾，而是着笔于官场的矛盾、朝廷的矛盾、国家的矛盾。小说里的主人公沮乃翘继续以渠本翘为原型，他是朝廷命官，对国家、对民族有着深情

渠川在《官痛》上签名

大爱，有着高度的责任感和使命感。而当他亲历了甲午战争、维新变法、义和团运动，目睹了这些事件一个接一个地失败，国家蒙受了巨大的损失，内心十分痛苦；八国联军攻陷京城，皇上和太后仓皇逃往西安，他一路慌忙追赶皇上、伴驾随行，内心十分悲伤。他念念不忘变法图强，让国家面貌焕然一新，但朝堂混乱，江山破碎，他也身心疲惫，前途迷茫不知如何。这部小说问世后，依然得到无数好评。

两百来年的时间与记忆，容纳了一个家族四代人的兴衰与变迁。渠川先生原本计划为渠家写"三部曲"，因为更加精彩的故事还在后头，比如后来作为实业家的祖父在山西办学兴学，团结当地官绅发动历史上有名的山西"保矿运动"。遗憾的是，他的爱人病倒了，他也年迈体衰，第三部长篇没能写出来。

九十年里，渠川先生历经风雨，阅尽世事，时光流逝之后，阵痛与彷徨早已消弭，成为一位达观通透、朴实无华的老者，这让我对他有一种天然的亲近感，内心也极为钦敬。

六

渠川忆温州文友

六、渠川忆温州文友

老作家渠川先生以长篇小说《金魔》《官痛》著称，他的人生叙述也像长篇小说，一章接着一章，如潮水般浩荡。在他的脑海里，保存着何琼玮、马骅（莫洛）、唐湜等温州文化名家的许多记忆，虽然他们都已离世多年，但种种往事，依然鲜活。而我，仿佛是一个深陷故事的读者，读来津津有味。

何琼玮

一纸调令让渠川实现了从工厂到文化部门工作的愿望，那年是 1980 年，他五十一岁。渠川还清晰地记得那是一个春夏之交的日子，惠风和畅，他到温州市文化局报到，局长方家溪，也是刚刚走马上任。那时"文革"结束不久，温州市文化局正在抓文学创作，举办征文活动，来稿很多，渠川与早来局里一年的何琼玮一起看稿评稿。

何琼玮瘦长的身子，干净清亮，比渠川大一岁，是位剧作家，1957 年创作的瓯剧《高机与吴三春》，演出后大获成功，可当时，让他红火的却是短篇小

何琼玮像

渠川（站者）与何琼玮

说《接到讣告以后》，在《上海文学》发表，又被《小说选刊》选载，成为温州市第一位上《小说月报》的作者。不久，文化局成立创作室，渠川为主任，何琼玮为副主任。第二年，文化局又酝酿要创刊一个文学刊物，在何琼玮的提议下起名《文学青年》，他又出点子让茅盾先生题写刊名。当时茅盾先生已卧病在床，但欣然答应，这也是茅盾先生最后一次题字。《文学青年》很快办起来了，渠川为主编，何琼玮虽为副主编，却承担编刊的主要工作。

渠川回忆，何琼玮写稿、编稿，充满激情，热情很高。他当时在写《吴百亨传记》，却把更多的精力花在编辑刊物上，从内心深处喜爱这份为温州文学的未来召唤光明的事。1982年5月，温州市文联成立，《文学青年》划归文联主管，虽然渠川与何琼玮都到文联工作，但两人都不再做编辑工作，渠川为文联党组成员、办公室主任，何琼玮为文联副秘书长。渠川还兼文联机关党支部书记，第一次开支部委员会会议，他就提议吸收何琼玮加入中国共产党，于是，温州市文联成立后第一个入党的便是何琼玮。

何琼玮早在 1945 年 1 月就填写了入党申请，交给了组织。那年他十七岁，参加了地下党的交通工作，为游击队购买药物及电池等，又经过严密策划从亲戚家取来崭新德造木壳枪和多发子弹，投奔永乐人民抗日游击总队（后改称中国人民解放军浙南游击纵队括苍支队）。他一边随部队行军，一边为部队送信送情报。那年 11 月，由于部队实行精简，何琼玮到永嘉中学（后改名温州市二中）就读，与同学一起创办旨在反对国民党的刊物《现代论坛》。而后，他又到上海、南京等地读书。1949 年 12 月，何琼玮加入中国新民主主义青年团，并任团总支宣传委员。1950 年，他被组织抽调到省干校学习，成为土改专职干部。那年 10 月，他学习结业，意气风发，投身到土改工作之中。

何琼玮的"家庭成分"是地主，他父亲何邦英起初依靠祖上

渠川（左三）在温州首次文学作品讨论会上

留下二十亩土地的租金，开办酿酒作坊，越做越大，又开办了酱坊、孵坊和糖厂等，经营范围不断扩大，利润可观，逐年购进农民土地和破落地主大批土地，达六百亩之多。在抗日战争期间，何邦英帮助游击队抗日，甚至卖掉二百亩土地支持抗日，那时何琼玮还只有十来岁。

马骅

《文学青年》创刊不久，编辑们便感觉到刊物的大批业余作者在"文化大革命"时期没有受过良好的文学教育，作品质量不高，而且作者队伍青黄不接、后继乏人，温州市文化局负责同志要求渠川牵头举办文学创作学习班，渠川欣然领命。文学创作学习班很快办了起来，租用温州教师进修学院的教室，聘请了讲课老师，招收学员一百多名。在温州教师进修学院教中国现代文学与写作的马骅，也应邀给学员讲散文创作。渠川与马骅的情谊，就这么开始了。

渠川说：马骅那时六十六岁，比我大十三岁，我们一见如故，我一直视他为前辈。他已从杭州大学离休多年，被温州教师进修学院聘请，在教书之余编写教材《写作基础知识讲话》，大家都尊敬地叫他"马教授"。他气质儒雅，为人谦和，温厚中带着刚毅，对待学员有一种慈爱，教课时语言活泼，他上课时我去听，他说"散文形散神不散"，我是第一次听到这样的论点。我听说"马教授"在20世纪60年代末被作为"叛徒"受到冲击，不可思议，待证实确有其事，心里不免涌起一阵悲凉。马骅也许心里苦闷，释

马骅像

渠川（左一）与马骅（中）、陈天龙（画家）在一起

放的多是乐观、积极的态度。

马骅所在的马氏家族系温州望族，文风昌盛，出了几位书画大家。他从小喜欢写作和表演，那时的中国遭受日本侵略，战争不断，山峦悲伤，河流呜咽，这让马骅有了追求真理的渴望。1935年，他在温州中学读书时，与同学组织野火读书会，主编学生刊物《明天》。1937年抗日战争全面爆发后参与筹备永嘉（今温州）战时青年服务团，进行抗日宣传。也就是在那年8月加入中国共产党。1940年9月，新婚不久的马骅赴皖南参加新四军，挖壕堑，平山头，渡长江，过运河，听项英、刘少奇做政治形势报告，读曹靖华翻译的《铁流》。1941年10月，他辗转回到温州，在一片白色恐怖的氛围下过着与外界断绝联系的生活。马骅才气横溢，内心总有一股抑制不住的创作冲动，不管在行军途中，还是在隐蔽的日子里，灵感的火花不时在他脑子里爆开，他写下大量的诗歌、散文，其中有长诗《渡运河》和组诗《我们渡过长江》《风雨三月》。他投稿时轮换着使用许多笔名，投到远地的

报刊，常用笔名"莫洛"。他的作品丰盈、成熟，著名九叶诗人唐湜对他诗的评价是"有无限广被的光辉与自然圆润的意象"。如此风华正茂、追求进步的马骅，怎么会成为叛徒呢？在渠川，这个疑问一直萦绕于心。

1980年，全国开始大规模平反"冤假错案"，到1984年年底平反工作即将结束。渠川心想，马骅怎么都没要求呢？他就主动去找马骅，说：你的事自己估量估量，是否要申诉？马骅认真地盯着渠川，底气十足地说：我不是叛徒，我没有做任何损害党的事情。渠川说：那好，我愿意为你跑一跑。当时温州许多人认为给马骅翻案不可能，渠川却很有信心，在时任市委书记刘锡荣的关心下，渠川开始外出调查。

1985年春夏之交，草木际天，渠川带着温州三医的小张，第一站去了上海，再辗转北京、杭州等地，坐火车赶汽车，日夜兼程，经过大量细致艰苦的调查，事情终于明了。马骅自1941年从苏北根据地回温州后，温州地下党为适应急剧变化的政治形势，已由城市转入农村、山区，他失去了党的组织关系。1942年，马骅生活在温州，过着紧张不安的日子。1943年1月，将要过年时，由于叛徒出卖，一个深夜，他在温州家里被捕，在牢狱里关了半年后被释放。出狱后他与党的关系没有接上，但做了许多力所能及的事。曾任温州地委副书记兼温州市委书记的胡景瑊就证实，1945年在他担任中共瓯北中心县委书记兼永乐人民抗日游击队政委时，有什么困难，常派交通员来找马骅帮助解决。许多证人都是高级干部，证实自己在地下党工作时受到马骅的接济。渠川每走访一人，最后都要问一句：你看马骅同志是清白的吗？回答都是"清白"。人生风尘，路途遥遥，马骅始终与共产党同风雨、共命运。

外调结束已是7月，骄阳似火，渠川回温州后马上向当地组织和宣传部门汇报，组织部又向刘锡荣汇报。能否给马骅恢复名誉、恢复党籍？却一时定不下来。直到那年腊月二十三，渠川受温州组织部委派，带着马骅的外调材料和个人档案，到浙江省委组织部要求审查定性，经过一天的审查，结论是：马骅不是叛徒，恢复党籍。渠川一听，长长地舒了一口气，悬在心头的大块石头终于落地。腊月二十四，车站人潮拥挤，车票难买，渠川好不容易挤上一辆开往温州却已坐满乘客的小面包车，蹲坐在司机身后过道里的小板凳上。小面包车在蜿蜒的盘山公路上开得飞快，乘客被车辆急转时的惯性甩得东倒西歪，惊叫不断。车到温州已是深夜，温州城风厉雪飞，渠川却没有感到寒冷，心中似有一轮暖阳。

唐湜

渠川与唐湜的认识，也缘于《文学青年》创作学习班，渠川知道唐湜在中国现代文学史上的地位相当高，就请他来给学员讲诗歌创作。当时唐湜刚刚复出文坛，可以参加文代会，可以创作诗歌，但因长期遭受迫害，做事小心谨慎，写作心有余悸。当时

的温州，像唐湜这样在浙江大学外文系正统学习过西方文学的几乎没有，不过，渠川认为唐湜如果入学西南联合大学，可能会更了不起，因为那里有一批名师，如冯至、闻一多、李广田、朱自清等。九叶诗人中的穆旦、杜运燮、郑敏、袁可嘉都毕业于西南联大。

渠川一直对唐湜十分钦佩且心怀敬意，他说：唐湜敦厚、善良，书生气极浓，一眼就能看出是位没有一点坏心眼

唐湜像

的人，令人疑惑的是，这样一位绝对的好人，温州文艺界有些人对他不够尊重，我觉得不应该。他口才不好，嘴有点拙，上课时课堂效果也不好。

唐湜比渠川大九岁，因此，渠川1947年考进燕京大学读书时，唐湜已创作了大量的文学作品，进入了浪漫主义的幻想天国，开始了叙事长诗和十四诗行的探索，并尝试着用一种诗意的散文来抒写评论。学生时代的渠川酷爱文学，也阅读何其芳等诗人的作品，却没有听过九叶派的那些诗人，尽管那些诗人在20世纪40年代就站到了当时中国诗歌的前沿，写作规模和成熟度都呈加速度态势，有了杰出的成就。渠川说：九叶诗人的名气当时不怎么响亮，没有在文学界走红，是因为他们热衷于英美现代主义诗歌，沉醉在朦胧的色彩、古典的意象和罗曼蒂克的梦幻中，把欧洲诗人喜欢的十四行诗等引到中国，太洋气太冷门，曲高和寡，懂的人很少，欣赏的人很少，读者就很少。当时的中国知识分子，像

渠川（右一）与马骅（右二）、唐湜（左二）、金江（左一）等在一起

徐志摩、何其芳、卞之琳等，才会关注九叶派的那些诗人，当然，"九叶派"的提法是三十多年后的事情。我们当时崇拜的大多是抗战诗人，比如田间和艾青，田间在艺术上追求平朴的描述和激昂的呼唤，艾青的诗作富有饱满的进取精神和丰富的生活经验。

渠川说，我知道唐湜1958年被定为右派后，经历了人生二十年悲剧，他在北方的风雪荒原里劳改，一定像掉进了孤独的深渊里，多么黑暗，多么哀痛。1961年他回到温州，家乡也并没有善待他，连永嘉昆剧团的临时工都不能做，只能在温州房管局下属的一个修建队劳动，干拉板车等体力活。他板车拉累了，坐在路边休息，听说屁股下面垫着一本莎士比亚的十四行诗，可见，九叶诗人受莎士比亚以及雪莱、济慈等英国浪漫派作品的影响有多深。

唐湜的生命，在苦难的浸润中结出特别丰饶的花果。他内心的悲哀、凄惶与煎熬，通过创作得到解脱，笔端之下是芳草萋萋，溪水潺潺。也可以说在他最困难、最无助时，是文学给了他温暖和抚

渠川（左八）与温州籍作家唐湜（左六）等在一起

慰。这正印证了英国作家毛姆所说的："善于创作的艺术家能够从创作中获得珍贵无比的特权——释放生之苦痛。"渠川无限感叹，唐湜那些曲折回荡、富于感性又通于思辨的诗作，无疑比直接诉苦的诗句连缀更让人喜爱，像他的《幻美之旅》，把眼泪蘸于笔墨，绽放出不朽的优美动人的诗歌花朵。这真是一个高明的诗人，他像飞过长空的大雁，虽然带着苍凉和悲伤，却一往无前。

马骅恢复了党籍之后，唐湜有一次来到渠川家里，他右派的帽子已在 1979 年摘掉，是想让渠川帮助他恢复党籍，这时渠川才知道他在 20 世纪 30 年代就加入共产党。渠川当时的心思全在创作《金魔》上，没有时间帮助唐湜，心存内疚。2005 年 1 月唐湜去世，渠川参加了他的遗体告别仪式，唐湜遗像两旁的主联是诗人屠岸的挽联："沉冤廿载，硬骨铮铮不屈；斯人远去，诗卷皇皇不朽"。是呀，今生就此别过，确有许多思念和不舍，但作品是作家生命延续的载体，唐湜的诗歌还在，那些美好的记忆就不会消失。

渠川（前排左二）、唐湜（前排右三）、马骅（前排左四）等参加温州市作家协会顾问暨第一届理事会

附录：渠川散笔

附录：渠川散笔

生活中充满艰难

1946 年，当父亲告诉我他不能再为我交学费时，我真像听到了一声晴天霹雳！那时我正要从高二升到高三，正处在人生中最重要的一个关头。假如我不能高中毕业，就只有初中毕业的证书，以后谋事就很困难。一切幻想都将破灭了！那晚我躺在床上翻来覆去睡不着，我想了很多，不仅想到眼前的学费问题，而且想到将来去做什么的问题。那时我已在课余时间写了一年半的小说，在天津各报上发表了十来篇；还画了些漫画，也发表过几篇。正梦想着做一个"作家"或"艺术家"。

这一夜我最先想到的是：不要再写小说了。因写小说养活不了自己，更不用说养活一家人了。那么，去做什么呢？想来想去想去做"官"。我就想去挣学费，把高中读完，再考进一所名牌大学，去学国际法，将来做一名"外交官"。

这一年我十七周岁。在暑假和寒假里，我都去做"临时工"，挣了钱，交上了学费，读完了高中。跟着，考进了燕京大学。这是一个美国人办的大学，从那里毕业，不仅可以获得燕京大学的学士学位，还可以获得纽约州立大学的学士学位，对去美国留学十分有利。但它没有外交系，我就读政治系。这样，我就按着自己的计划完全实现了自己的目标。

渠川（中）与大哥、二哥在一起

想来觉得一切都很顺利，似乎没什么事不可以经过自己的努力做到。

但进了大学，才知还有许多困难。这个学校是要交学宿费的，我没钱，就请求缓交，一直到学期快结束时，才从哥哥那里要了些钱交上。我又请求学校给我助学金或救济金，经过审核，从第二学期开始，学校免了我的学宿费，每学期我只需交一点点杂费，就可以上学了。剩下的问题是吃饭，每个月都要交饭费，这是我最苦恼的事。我常常是交了这个月的饭费，还不知下个月的饭费在哪里；常常处于一种"心神不定"的状态中。为了交饭费，我为一个中学生补习过数学，也参加过学生会组织的"自助活动"，但都不能保证月月能交饭费。当时我认识了一些进步同学，他们常和我谈论到解放区去，有些同学已经走了，渐渐地我也产生了到解放区去的想法。这意味我要放弃我为之奋斗了两年的目标。但我在学校读下去，真是太难了，主要是没有饭吃，又不愿意月月找哥哥要钱。1948年12月我终于离开了学校，踏上了去解放区的路。

到解放区来我是为找饭吃，找出路的，自然也是为"打倒蒋介石"而来的。"革命"理解了我，但对我也提出了要求：我必先做好一个战士，然后才能在部队待下去。这比在大学毕业后分配工作付出的多。开始我在一个军的新华支社做记者，重新拿起了笔，我不陌生。打完海南岛战役以后，我所了解的材料在记者的稿件中还用不完，我又萌发起写小说的想法来。1950年8月我写了我参军后的第一个短篇小说《一心向党》，四个月后在《人民文学》发表。第四野战军后来给我一个奖，还出了书。我完全忘了过去的想法，又写起小说来，这说明丰衣足食、心神安定以后，自然会有创作的冲动。

跟着，抗美援朝战争爆发，领导又叫我去给军长做翻译，后来调我到战俘营去做翻译队长，后来又做了敌工干事。工作的改变使我根本忘了创作，相反，却想起做"外交官"来。刚参军时，我就看见有两个干部被中央调到外交战线去，这时我想，抗美援朝的敌工干部说不定也会调到外交战线上去。回国后，不少翻译被调到总参情报部，虽然做上"外交官"，却都做了"情报官"。领导没叫我去，因为一系列的写作任务布置下来，又叫我回到了宣传部门。从1954年开始，我从师调到军，又从军调到军区、总政，用了整整十年时间，参加了两套书的编辑工作。这十年也正是政治运动频繁的十年，我精神紧张得连运动都应付不过来，一点也不想创作。只写一些领导叫写的东西。虽然有的作品也被介绍到国外，或者被选入教材，但总的来说，我写得不多；就是写，也常不署名。1963年年底，我被调到沈阳军区文化部做"专业作家"，小时的"梦"在这时实现了，我真想多写一些，但一场政治大风暴正向我袭来，又夺去了我做"作家"的权利。

梁川（右一）与兄弟姐妹在一起

从1964年开始，文艺作品受到了批判，最后导致"文革"爆发，一切创作都停止了，我所在的创作组也取消了。文艺遭到了毁灭性的打击，就不想干文艺工作了，还想离开部队，和妻子儿女团聚。我已四十岁，还没有一个固定的家。我只想回家。于是我又经历了一次人生大变动：从北到了南，从"官"到了"兵"，从"军"变成"民"，又从"作家"变成了一个什么都不懂的"工人"。

　　离开沈阳前，我把二十年所攒的书，以七分钱一斤全当废纸卖了，又把全部的旧稿烧掉。这可以看出我那时的心情，也可以看出我和文艺决裂的决心有多大。但烧到《一心向党》的时候，我再也烧不下去了，这篇小说我真不忍烧掉。它是我到部队后主动写的，我要留着它，带着它我就到了温州。

　　在工厂我是一个"废人"，什么也不会做，很渴望能做一点自己会做的事。粉碎"四人帮"以后，我就又要求回到文艺部门。这看起来好像有点不可理解，但又是合乎逻辑的。从十几岁到五十岁，我两次抛弃了文艺，又两次把它捡回来，说明我不是真心想离开它。生活中有那么多艰难，我没有办法，在我这方面也是很痛苦的。一旦有了条件，我就要找回它来。当然。我也相信，今后不会再碰到我年轻时所碰到的那些艰难了；但还会碰到别的艰难，我也不怕，我要迎着它们，去战胜它们。

从"渠家大院"看晋商的衰落

　　感谢山西文史研究馆和晋中地委、行署领导的盛情邀请，使我有机会参加"第二届全国晋商学术研讨会"和晋中"晋商大院文化专题研讨"，并再一次重游故里，心情是很激动的。每当我走进祖先的故居，就有一种异样的感觉：它对我既是亲切的，又是陌生的；既是温暖的，又是冷漠的；像回到了母亲的怀抱，又

120

不知母亲到哪里去了。

我们自小在天津长大，没回过老家，也不知老家是什么样。十年前，我为写一本小说回老家一次，那时"渠家大院"还是一个"大杂院"，但它的建筑艺术不禁令我产生了很大的

渠家大院

震动。两年前，我又回来一次，房子虽然已经清理出来了，但只是个"外壳"，里面还是空的。想不到两年以后，它已充实了这么许多，有了七个展室。可以想象博物馆的同志是付出了多么艰辛的劳动。

严格地说，这还不是我的"家"。这是我叔曾祖渠源淦的家，我的"家"还在西面，中间隔着另一位伯曾祖渠源潮的院子。这三个院子的后面，还有他们同一个曾祖的叔伯哥哥渠源涤、渠源道和渠源洛的院子，因为他们面对着另一条街——"新道街"，我们习惯于称他们是"新道街本家"。他们三家没留下一个像"渠家大院"这样的院子，是不是因为他们没这几位兄弟钱多呢？但他们也是有"财主"称号的。这六位兄弟组成了渠氏商业集团，成了"渠"姓的"大概念"。他们的房子占了祁县城的东北角，说"渠半城"或许夸张了一点，说"四分之一"是准确的。这里头还有六家。

渠源淦是这一辈中最小的弟弟。由于他父亲六十来岁才有的他，所以对他非常宝贝，也许过于宠了。传说他父亲临死时对他说："金儿啊（渠源淦的小名叫'金儿'），你每天花一个元宝，也许还够你花的！"可见他留给渠源淦的钱不少，据说有六十万

两。这六十万两不一定都是现银，是许多买卖合成的六十万两。渠源淦什么也不干（我在小说《金魔》中说他是"绸缎商"），就爱唱戏。他家里有戏台，这在华北民居中是很少见的，乔家大院、曹家大院都没有。他还有一个戏班子，叫"上下聚梨园"，请了不少名角。由于他对山西梆子有研究，把唱腔改了不少，又把场面也给改了，后来有人说他对晋剧的发展有很大的贡献，这对他真是最大的安慰了。后来他穷了，想捐个官，搂点钱，曾到四川做过一任知县，结果什么也没搂着，还亏空了，留下一个大笑柄。最后他生活无着，只好把这个院子"典"给了住在他旁边的叔伯哥哥渠源潮，这真是晋商中一个典型的"纨绔子弟"。

他有三个儿子，两个没活，只大儿子生下一个儿子。这个儿子又生一个儿子，但在1937年被日本侵略军杀害，这一支就没人了。这从一个侧面反映了一个晋商的衰落。

院子归渠源潮以后，他就把他的院子和这个院子连在一起，成了一个更大的院子，大体上就是目前"渠家大院"的规模。渠源潮一家在这里一直住到抗日战争前，以后因避难到了四川。1951年才回来，在太原定居了。

渠源潮是我曾祖父渠源浈的亲哥哥。他们分家时，一人分到了三十万两，但他们的经营方针是不一样的。渠源潮比较安分，一直守着祖业"长裕川茶庄"，他是"茶叶之路"上一个大茶商。据说苏联人来中国时还打听"长裕川"的名牌"红梅茶"呢。除

渠家人结婚照

此之外，他还经营其他生意：从盐到夏布，从药到书铺。祁县城里的"是盛楼"，是他的糕点铺；太原的"书业诚"是他的古籍字画铺。他也经营过票号，字号叫"汇源浦"和"长盛川"，但都很快就收了，大概是经营不好。他的基本生意是茶庄，在湖北、湖南都有茶山。渠源潮有两个儿子，都在三十岁左右就死了，都死在他的前面，以后他家就靠孙子渠晋山维持。渠晋山是一个爱读书的人，做过秀才，后来科举没了，又想去学堂念书，但受到他祖父的阻挠，以致成了渠晋山一生的遗憾。他不爱经商，可是不得不管，后来因战乱一点点都收了。他还常常在祁县搞一些善举，如捐献一块土地办一个小学，办一个图书馆，等等，是一个有见地的人。他到四川以后，这个院子就成了日本宪兵的司令部。日军在挖防空洞时，在"长裕川"的院子里挖出了四十万两白银，都运到日本去了。他的儿子渠川祜，在西南联大毕业后一直教书，不经商了。

我曾祖父渠源浈的房子，就是现在防疫站所在的房子，我从没去过。那里似乎只有平房，没有楼，也没有牌楼，但有人告诉我，那房子是很结实的。这或者也反映了我曾祖父的为人和性格：不讲华丽，只讲质量。里面到底有多大？是什么样子？我都不知道。听说后面有三个院子，是给三个儿子住的。但这个房子是同治元年盖的，那年我祖父刚出生，他怎么会知他将有三个儿子呢？据说他算过命，是算命的告诉他有三个儿子的。后来他还真有了三个儿子，很巧。他的脾气很古怪，我小说题目就叫他"金魔"。三个儿子中死了两个，最后只剩下他最不喜欢的渠本翘，这是他们之间的悲剧。

我曾祖父在分得三十万两银子以后，和他哥哥不一样，把家里留下的二十四个买卖都收了，集中资本开票号，在我们家叫"连罢二十四市"。先是与后面的一个哥哥、一个侄子开了"百川通"

票号，两年后又独资开了"三晋源"票号；同时，又和一个孙子、一个亲戚开了"存义公"票号，那时他才二十岁左右。经营票号使他发了财，十几年后就成了全省驰名的大票号商。这当然是因为他有眼光，看准了票号这个新兴事业有前途。他经营票号很顺，即使在辛亥革命后票号纷纷倒闭时，他独资经营的"三晋源"票号也屹立不倒，和乔家的"大德通""大德恒"，还有一家票号，成了山西票号最后的四面旗帜。"三晋源"一直经营到1934年，才因我祖母死了，要分家，收了，并不是倒闭的。能坚持那么长时间，说明它有不同的应变方法，一定有什么诀窍，可惜没法总结了。

就在我曾祖父票号生意蒸蒸日上时，我祖父渠本翘却不愿经商，只想念书，和他父亲发生了激烈的冲突，这是我在《金魔》中写的主要矛盾。这件事我是在十五六岁时听我父亲说的。祖父不愿学买卖，想求功名，和他父亲走了不同的道路，有人评论说这是"近代中国精神意识的内在矛盾和两难困境"，又有人说这是"重商观念营垒的内部裂变"。

曾祖父在做买卖上获得了成功，祖父在求功名上也获得了成功。他最后戴上了红顶子，成为有二品衔的三品京堂候补，又成了后来的"典礼院"八个"直学士"之一，但他们父子的关系却一直不好。祖父有些行为虽然看起来好像是商业行为，其实是别种行为，他并不经商，只是个"官"。父亲这一代，都在外国学校念书，不经商，就是在祖父、曾祖父死了以后，他们不得不管了，也是蜻蜓点水式地管管。到我们这一代，就更不愿经商了，还很看不起商人，成了完全的"知识分子"。这从另一个侧面，又反映了晋商的衰落。

"新道街本家"则在更早的时候衰落。他们衰落的原因，据说是因为吸毒。他们后辈中还出现了汉奸，这不仅是在经济上衰落了，而且是在政治上堕落了。

人们问，为什么晋商大族，不能像美国、日本的大族一样，一直经营到今天？这个问题很复杂。一句话说不清，有外部原因，也有内部原因。在历史的风云变幻中，晋商没能逃脱覆灭的命运，恐怕是历史的一种惩罚。

渠川在渠家大院留影

20 世纪后，中国战乱频仍，在世界各国中是少见的。辛亥革命后，票号纷纷倒闭；十月革命后，外蒙古"独立"，断了"茶叶之路"这一晋商主要的生路，整个晋商的活动舞台越来越小。商人最怕的就是政局动荡和战争，然而战乱一个接一个：军阀混战、九一八事变，直至抗日战争全面爆发，在全国商人中，晋商的生存环境恐怕是最险的，南方的商人可能好一点。几百年来形成的北方最大的商人队伍，遭到了空前的劫难，到新中国成立前已基本奄奄一息。而美国在南北战争后、日本在西南战争后，基本上没有战争；二战也没使日本大财团遭到损失，相反又获得了新的机遇。种种原因，使他们的资本越积越大。

晋商——东家和掌柜的——却没有那样应变的头脑和能力。他们的"素质"使他们无法面对现在，也无法预测将来。新的矛盾不是他们原有的一套可以应付的。说晋商是"学而优则商"，可能是不确切的。以我家为例，"新道街本家"基本上不念书。

渠川在渠家大院留影

东家是"白丁",可以想见他们会有什么样的见识。渠源潮只粗通文字，桌上经常摆着的是一本"杂字簿"，可见文化程度很低。我曾祖父渠源淶可能读过四书五经，"少学举子业"，但也仅此而已，读不到"学而优"。"学而优则商"是套用"学而优则仕"这句话来说的。究竟怎么才叫"学而优"？在科举制度下，我以为只有中了进士才算是"学而优"，因为只有进士才能做官；举人虽然也能做官，但没有进士那么直接。秀才还不能做官。如果以这个标准来衡量，没有一个票号东家是"学而优则商"的，因为他们没有一个人中过进士，甚至连举人都不是。只有"大德通"东家乔致庸是秀才，算是最好的了，这说的是"东家"。再说掌柜的，他们都是从学徒升上来的，所以学徒也可以说是未来的掌柜的。他们都是从农村来的，可能读过一点四书五经，但因为学徒必须从十四五岁学起，所以他们不可能读很多书，也就谈不到"学而优"。他们多数是为生活所迫才从商的，少数为发财。其他商人，如粮店、颜料店，乃至像"大盛魁"那样大的旅蒙商号，学徒的文化水准肯定不如票号，一定更低。东家和掌柜的文化水平不高，知识结构也很简单，对外部世界不可能十分了解，在复杂的商战中，自然跟不上时代，必定要被世界所淘汰。他们错过了票号筹组银行的机会，又没想到办学校培养新式学徒，这都与他们知识缺乏有关，当然也跟整个中国教育制度落后有关，在这种形势下，他们只能束手被擒。

中国有两个"怪圈"：一个是当人没文化时，可以去从商；一旦有了文化，就不愿从商了，甚至还看不起商人；就是自己的父亲是商人，也看不起。我祖父中了进士，同时也就是当时的"高级知识分子"，从本质上说他仍是看不起商人的。后来他有些行为看起来好像是从商，其实是从别的方面考虑的，不得不做，或当仁不让，不能把它看成是商业行为。父辈们上了大学，有的还到美国学了两年经济，但都不经商，只粗管管，任凭掌柜的去做；即使掌柜的骗了他，他也不知道。到我们这一代，就更不想经商了，甚至还看不起商人，虽然花的都是曾祖父留下的钱，但看不起他，以为他不过是一个"土财主"，对他不尊敬，只尊敬祖父。这说明，中国人一旦成了知识分子，就清高起来，看不起商人，也看不起体力劳动，这几乎成了知识分子的普遍心理。渠源潮、渠源浈两家的后代，都成了知识分子，不再经商，这从另一个侧面，又反映了晋商的衰落。

还有一个"怪圈"：就是家里一旦有了钱，就一定出"纨绔子弟"，这也成了一种规律。外国富商是不是也这样？也出"纨绔子弟"？大概也出，但不会败家。我们是连家都败了。山西商人是最早实行"所有权与经营权分离"的，但无法制止"纨绔子弟"

败家，这在"机制"上肯定有缺陷，是值得总结的。

这就是晋商历史的命运？

今天全国出现了"全民经商"的局面，虽然有不少人不以为然，但它总还有一个历史的作用——就是打破了看不起商人的观念，使商人的地位提高了。如果每个家庭都出一个商人，知识分子的家庭也出，那就对知识分子的轻商观念是一个冲击。这个冲击有利于思想上的解放，有了这个解放，就可以重新练就一支新的晋商队伍。那时，就不会因看不起商人而不去从商，也不会因为没文化而不去读书。那时的晋商就可能在群体上有应付各种事变的能力，不再重蹈过去的覆辙，成为新世界的商人。这是我所希望的。

我和作文

我不记得我小时候是否特别喜爱作文，也不记得有哪位老师夸过我作文好。我爱上了写作，完全是因为别的原因。

我有个哥哥，他比我大四岁。十六岁上，他就经常给报刊写稿，还常常发表漫画。开始他写一些班上的趣闻，后来改写诗，也写小说。十七岁上，就成了当时华北作家协会和漫画家协会的会员。我很羡慕他，常常想：我是不是也能像他那样写写画画呢？

1943年，他到四川去了。他留下的稿纸、画笔、木刻刀和书，都成了我的，像传给我的"衣钵"。这时我恰巧转入一个新的中学，认识了一位新同学——蔡荣都。他和我一样，也有个哥哥，也常发表诗和漫画，而且也到四川去了。他比我大一岁，看的书比我多，20世纪30年代的作家他都了解。他常常介绍书给我看，星期天还带着我到旧书摊去逛。我们很快成了好朋友。他喜欢诗，特别喜欢何其芳的《画梦录》；我则喜欢小说，最喜欢的是张天翼的小说和鲁迅的《故事新编》。现在大家都说张天翼是位"儿童文学作家"，我那时没这个印象，他许多小说都是写给"大人"看的。他幽默，诙谐，句子简短，用句号多，对话中常常有骂人的话。我很喜欢他。心想：我要是写小说，就学张天翼。

1944年春的一个下午，我下学回来，在路边看到一团"黑乎乎的东西"，不知是什么。近前一看，原来是一条狼狗在地上睡着。我叫醒了它。它竟跟着我走了，一直跟我回到家里，像早就认识我似的。我给了它许多好吃的东西，吃完还不走。我高兴地想：白白得了一条狼狗，真不知是哪儿来的运气！我就想带着它出去遛遛，也给人看看，我有条狼狗了。到了街上，它始终围着我转，一会儿前，一会儿后。可是到了一个大门口，它忽然不走了，怎么叫它也不走。我想，这就是它的"真家"了吧？我只得一个人怏怏回来，笑着自己想得便宜，却赔了不少吃的！晚上我就把这件事写出来，告诉人不要贪便宜。我学着张天翼的笔调，写了一个小说，题目就叫《黑乎乎东西》，投到当时天津唯一的一张报纸《华北新报》上去。没想到过几天就登出来了！这成了我平生的第一篇小说。这证明我有能力写小说，写出来的东西也能叫人看上。我还想写长一些。这时国文课上正讲着《汉书》的《苏武传》，我对李陵劝苏武投降那一节特别气愤。因为那时大家对投降日本人的汉奸都很恨。我就想学着鲁迅《故事新编》的写法，用张天翼的笔调，把它写出来。一口气写了五千字，又投到《华北新报》上去，不几天又登出来了！而且是头一条，占了大半版！从此，我在课堂上听到什么，凡是能打动我的，我就把它改成"故事新编"。用这种形式一共写了五篇，其中有《余唯不食嗟来之食以至于斯也》《燕太子丹谋秦》《公子重耳逃出秦国》，还有李清照的词，我把它改成现在的事了。渐渐地，我不满足写现成的故事，又试着"创造"，前后写过《归》《和平酒》《突围》等。到1946年春的一年半时间里，其间经过"沦陷"和"光复"

渠川在修改学员文章

两个时期，我在三家报纸上共发表过九篇小说，其中一篇还得了奖。发表最多的时候是一个月一篇，有时还连载两三天。

值得庆幸的是，我一开始就学习新文学奠基人的作品。他们都把根扎在中国人民之中，有深厚的中文基础，又吸收外国文学的经验，还有先进的思想，这对我有很好的影响。我不看"鸳鸯蝴蝶派"的作品，也不看武侠小说和言情小说。但那时没人指导我写作，不像现在，发现一个有苗头的作者，报刊就帮他提高。我还特别害怕编辑知道我是个小孩儿，抄稿时总要把字写得"老练"一些，还常常变换笔名，稿后加上"请勿删改"几个字，"唬"着编辑。每次都是原文照发。我不知他们是谁，也不知他们长得什么样。我相信，他们绝不是一个人。

正当我兴致勃勃地写作的时候，家里忽然破产了，我连学费都没着落了。我没心再写作。进了大学，也不写作。直到参了军，打完海南岛战役以后，才又动起笔来。1950 年 8 月，我写了参军后的第一篇小说——《一心向党》。我还用张天翼的笔调来写，寄到当时国内最高的文学刊物《人民文学》上，当时它的主编是茅盾。四个月后，即 1951 年 1 月，发表出来了！当我看到我的名字与周立波等大作家排在一起时，我真是高兴极了！以后第四野战军还给了我一个奖，把我的小说排在获奖短篇小说的第一位。四野的作家周洁夫等同志的作品，还排在我的后面。出的集子，也以我的小说带头。

1960 年，我在北京《星火燎原》编辑部任编辑时，很想去见见张天翼，他那时在《人民文学》做主编。我想，学他的人不多，而我又学得很像，很想让他看看《一心向党》学得怎样。可惜他身体不好，不能见人，我没能见到他。不久他就去世了。这是我一生中的一个遗憾，因为我一直认为张天翼和鲁迅是我的第一个老师……

我哥哥目前不写诗了，新中国成立后他一直在商业战线工作。蔡荣都也成了北京建筑研究院的高级工程师，只偶尔还写些古体诗词寄来给我。

小说开头要"巧"

学写小说，要掌握的要领是多方面的，但我以为第一重要的是要学会"抓住读者"，让读者看下去。如果他们连看都不看，小说就没有存在的价值了。尤其是开头，要起到"立即抓住读者"的作用，就显得更重要了。

有经验的作者，对一篇小说如何开头，都是很讲究的。生活好像一条河，又像一个万花筒，从什么地方开头，要多斟酌，选

温州市文协第二次代表大会暨作家协会成立大会现场，主席台左五为渠川

择一个巧妙的地方切入。不要想到一个故事，就仓促动笔，"从头道来"历来不是好办法。

好的开头起码同时具备这样几个条件：

1. 能迅速把读者带进来。

2. 能迅速接近主题。

3. 能迅速使矛盾展开。

要达到上述目的的手段很多：可用叙述开头，让读者跟着主人翁的感情走；也可从描写开头，把读者带入一种环境；还可用对话开头，使读者进入一种规定情景。无论怎么开头，都是为了把读者尽快地拉入小说，使读者跟着你走。我在写《金魔》时，考虑了很久，才决定从主人翁沮源潢不再在北京做官，赶回山西老家，做他想做的事开始。具体的设计是用描写的手段，写他老婆怎么喜悦地等他回来，又写孩子们怎样高兴地盼望他，再写他

132

温州市文艺期刊工作会议合影，中排右四为渠川

的用人先到，最后写他的轿车怎样进来，由于他是主人翁，又是第一次与读者见面，所以必须对他多写一些。先写他怎么伸出一只脚，再伸出一条腿，跳下车。下了车又先不看人，而是看房子，这说明他对房子比对人还惦记。再写他什么打扮，直至孩子叫他，才惊醒过来。因他带着一个小老婆回来，所以当小老婆下车时，就引起了全家人的震惊；特别对他的老婆更是一个意外的打击，整个情绪就立刻由喜转悲，与丈夫发生了巨大的矛盾。孩子们也对他不满意，家庭矛盾立即铸成，为以后一系列矛盾打下了基础。我认为这是一个可以一举数得的开头，可以一下触发很多矛盾，同时也具备上述三个条件。事后，评论家的评论，也认为这个开头是"巧"的。

我认为，学写小说应该在开头上多下些功夫，不要轻易开头，要酝酿长些，尽量做到巧妙，再下笔。

关于小说、电视剧、新打算

想不到《读者点题》会点到我。我想，这无疑是对我的关心和支持，我感激不尽。

小说与电视剧在"创作途径"上相同点是很多的，它们都要写人物，而且都要有情节，有悬念，有矛盾，有故事，也要千方百计地使读者看下去，还要考虑作品的社会效果和艺术效果。可以说，这就是它们的"内在联系"。所不同的是小说在创作时可能"繁"些；电视剧可能"简"些；小说可以交叉使用叙述、描写、对话这样一些艺术手段，电视剧则不行，不能大段地"叙述"，也不能重描浓写，"对话"就成了电视剧最主要的成分。小说与电视剧在"创作途径"上最大的不同，我想还是小说要用相当的篇幅去揭示人物的内心世界，也即人物的"心灵"，而电视剧则不太容易做到这一点，这恐怕是它们之间最大的不同点了。有的读者在看完小说以后，再看改编的电视剧，常常感到不如小说，就是因为小说给读者的东西多，读者通过小说了解主人公的事也多，更为深刻，像交了个"新朋友"一样；而看电视剧，就了解得少些，也没那么深刻，不像交了个"新朋友"。但看电视剧比读小说轻松得多，也省力得多，不那么费劲。又由于电视剧能深入到每个家庭，看的人多，它的影响比小说大得多。而小说往往是被改编成电视剧后得以扩大了影响。拙作《金魔》被改编成电视剧《昌晋源票号》后，就比单有小说时影响大多了。最近，山西经济出版社将出版一本《金魔》的新版本，书名就改成了《昌晋源票号》，还收进几张剧照。这说明它明显地受了电视剧的影响，而且利用这个影响来推销自己（此版本，大概春节后可在全国面市）。

那么作者在创作小说时，是不是就已经考虑了它将来会不会

渠川像

被改编为电视剧呢？我想，大概不是这样，因为作者在创作小说时，是全身心投入，只想把小说写好，而不管将来有没有人把它改成电视剧。一般作家认为，改编成电视剧是别人的事，不是自己的事。虽然有的小说作者也参加改编电视的班子，但这时的他，已经不是写小说时的他了，而是一个电视剧改编者了，他得服从制片人或导演的意图。所以小说被改编成电视剧，在小说作者来看，是小说创作的一个"副产品"。有的美国作家据说为了"生存"，获得更多的收入，现在尽量把小说写得容易被改编成电视剧，在中国作家中，是否有这样的人呢？我不知道。但我个人写小说时，喜欢写得"有情有景"，更"形象化"，使读者能看到人物在活动，所以它很容易被改成电视剧。但改不改成电视剧，并不看这个；我这样写，也不是为了被改编成电视剧。

目前，我正在写一本小说，是接着《金魔》写下去的，还没有书名。去年已写了半年，但进展不快，我希望今年能快些，这就是我今年的"新打算"。至于这本小说，将来会不会有人把它改成电视剧，我还是不考虑它，仍按着自己的意思来写。

我与图书馆

在我上中学时，学校里好像没图书馆。那时，我们是在日本鬼子的统治之下，没什么新书出版；过去出版的旧书，又怕里边有抗日的成分，不能借。于是学校就没图书馆了。大家只能看教科书；另外，就是在同学家借点书看。

抗战胜利以后，我进了大学，学校里有一个图书馆。很大，是整个一座楼，听说在全国大学图书馆里也是数得上的，书不少。进去不久，就听高班生说："上大学就是'泡图书馆'。"为什么这么说，我不知道。后来渐渐明白了：每个学生一天上课的时间并不多，大多数人下午没课，就都在这个时间里到图书馆去看书。图书馆楼下有一个大厅（比温州图书馆三楼阅览室大很多），里边摆着一排排的桌子、椅子，每个位子上都有一个台灯，谁坐下都可以打开，很讲究的。楼上是看杂志的地方。每到下午，人真是很多，都埋头看书或写着什么，没有人说话。我怀着好奇心到图书馆去，看看什么是"泡图书馆"，但自己连书都不会借，只借了先生开的参考书，或是上课用的教科书（这一点好，学校可以借教科书，不用买了，白用）。除此之外，我不知再借什么。我想，高班生讲的"泡图书馆"绝不仅仅是看参考书或教科书，这有什么好"泡"的！但大多数同学，也就是看书，或者做作业，没什么高深之处。从中学刚来的我，还不知道怎么利用图书馆去发展自己，也不习惯于这种读书方法，还像在中学一样，喜欢听老师讲课，自己在下面记笔记，靠这个也能考得不错。我在大学读了一年半，始终没弄明白"泡图书馆"到底是怎么回事，"泡"字究竟是什么含义？又该怎么个"泡"法？……

离开大学，我到了解放区。战争结束之后，又想起写小说或散文什么的，有时领导也给我布置点写作任务。这时，我又想起了图书馆，又想到那里去借点书参考参考，就像在大学时那样。和图书馆的关系也就是这样不即不离的关系。有时想起老同学讲的"泡图书馆"的话，还是不明白怎么回事。图书馆之于我，还是可有可无，不是非有不可的。

十一届三中全会以后，各地的图书馆都显出一种从来没有的朝气，不像从前那样清冷、孤寂了，它活跃起来了。各地出版的书也多，我也重新创作。和过去一样，我又到图书馆去借参考书。这时，我常常感到知识不足，从图书馆借的书里了解了许多我以前不了解的事。我渐渐感到图书馆真是一个巨大的知识宝库，它无所不知，无所不晓，真是我的良师益友。以前我是没主动地向它请教，所以没有收获，现在我学会了向它请教，就感到有许多书可借。特别是在我写历史小说以后，更感到离不开图书馆，因为有许多事我连听都没有听过，必须向它借书。这样我去图书馆的次数就多了，知道图书馆里的书真是应有尽有，完全可以满足你的需要。而且它们是那样的慷慨、无私，敞开胸怀、满腔热情地教给你，使你壮大起来，把不明白的事都弄懂。我现在是常常给自己出题目，然后围绕着题目去找书。这样看书，又使我想起了老同学说的"泡图书馆"。现在我这样"泡"在书里是不是就是"泡图书馆"？——因为一个接一个的问题催着你去解决，你不得不一天接一天地去图书馆，一本接一本书地去看。我又想，博士们写的论文，大概也就是用这种方法吧？从此，我县前头的图书馆也去，上村古籍部和沧河巷的报库也去。有时真有书在温州看不着，我就到上海去，在上海图书馆里找。南京路上的一号

渠川像

楼和二号楼，富民路的古籍部，我都去过。有一次，我在北京图书馆看了一个月的书；浙江图书馆我也常借着开会的机会去过多次。温州各县的图书馆，我也打听有什么我想看的书。

现在我可真离不开图书馆了。到图书馆去，成了我生活中的一部分，也是我创作中的一部分，没有它的帮助，我没法下笔。每创作一部小说，那里边都有温州图书馆的同志和他们借给我的书里古人今人对我的帮助。图书馆在帮助我这样的读者中，实现了它们自己的价值；我在图书馆的帮助下，有了新的青春。可以说，图书馆培养了千千万万的博士、硕士、作家和科学家；同时也可以肯定地说，所有博士、硕士、作家和科学家，都是在图书馆"泡"过的！

温州的"塞默林"

每到夏天，我就感到神经紧张，不知今年夏天又要受什么罪。按照往年的经验，我就是脱掉所有的衣服，只穿一个裤头，平心静气地坐在椅子上一动不动，头上的电风扇不停地吹着，胸脯上仍然会流出一道道"小溪"，把裤腰都弄湿了。两只胳膊上总是浮着一层汗珠，像荷叶上的露水，闪闪发亮；渐渐地，我就和小孩儿一样，全身长出了痱子。为了凉快，我把沙发垫子拿开，坐在光板上，可是一两天，屁股又磨出了疖子，坐也坐不住。晚上更恼人，要从床上搬到地下，用电风扇整夜吹着，才能睡一会儿觉。总之在南方，夏天之于我，是一个非常受罪的季节，躲也躲不开，只能忍着、熬着……

在我的思想里，大概是这样想的：南方根本就不会有凉快的地方，无论在哪儿，都是一样的热。

可是有一天，文联的同志告诉我，说到石垟林场去开笔会，并说那里很凉快，要多带衣服。我是不信的，同在温州地区，怎么会比温州凉快？……

汽车向文成方向开去（石垟林场在文成以西）。早就听说文成比温州还热，我就想不出石垟林场究竟怎么会比温州凉快。大家都穿着西服裤头、汗衫，有的人只穿一件背心，脖子上还挂着一条毛巾，随时准备擦汗。一路上风都很热，感觉不到一丝凉快，人人都是汗淋淋黏糊糊的。到了大峃——文成县的县治——大家更热得透不过气来，简直和进了蒸笼一样，一动都不想动。

从大峃出来，汽车上了山。车里的我们都懒洋洋的，话也不愿说，似乎说句话，就会出一身汗。汽车走了很长一段路，窗外的风仍很热，人们都趴在椅背上昏昏欲睡。

不知从什么时候起，忽然吹来一阵风，凉凉的，把人们都吹醒了。车厢中顿时热闹起来，又惊又喜，充分享受着风。一会儿，感到凉得很，要穿衣服，挡住自己的胳膊和腿。有的人甚至已从行李架上拿下自己的旅行袋，找出了长袖衬衫和裤子，在车厢里就穿起来。经过一阵躁动，人们又坐下来，笑着，闹着，像到了一个仙境。人人都惊奇：温州还有这么一个地方！

到了石垟林场，大家下了车，发现来到一片青山翠谷之中，眼前是一片绿：浅绿的是竹子，像一把把大掸子，随风摇曳着；深绿的是柳杉，又像一个个哨兵，立正向我们致敬。远处就是莽莽的森林。我们来到一个林的世界了！当地人都穿着长袖衬衣和长裤子，没一个人穿裤头，只有姑娘们还穿着裙子。洗过脸，大家都换上了长衣服，就像温州人10月份那种打扮，一个个精神焕发，像换了一个人，都获得了"新生"。

晚上，大家感到"冷"了。人人都关上了窗子。竹席是那么凉，躺在上面，冰凉透骨，比井水擦过的竹席不知凉多少倍。你不得不拉上棉被，盖住自己的腰和腿。在这时，没有人觉得这里是夏天，而是秋天！

窗外下起雨来，溪水哗哗地响着，大家都缩在被子里。第二天就有人穿上了温州11月才穿的羊毛背心和夹克。你再也想不到，温州的8月，竟和8月的哈尔滨一样！这两个城市，相差十几个纬度（哈尔滨在北纬四十五度，而温州只在二十八度上），两地相距又那么遥远，穿的却是一样！你能想得到吗？

石垟林公园一景

140

这真是一个清凉世界！难得的避暑胜地！它使众多受夏天折磨的人们精神焕发起来，振作得像运动员。我身上的痱子不知什么时候没有了，疖子也消失了，胳膊上没有一滴汗，一天到晚滑溜溜，凉飕飕的。好凉快呀！大家都不想洗澡，也不想擦身，因为没有汗了。

在这里我碰到了从杭州"避难"到这里的作家于大近，还有一位领导同志。杭州是有名的高温城市，比温州不知热多少，难怪他们到了石垟林场就再也不想到别处去了，他们不去莫干山，而到这里，或是因为这里除了比莫干山更凉快以外，还比莫干山多了片片森林。它比莫干山更诱人，更醉人！

面对那茂密的、郁郁葱葱的森林，那随风摇曳、柔姿婀娜的竹林，和尖塔一样冲天戟似的柳杉，我想：这里和大作家茨威格笔下描写的奥地利避暑胜地塞默林很像（塞默林海拔九百八十五米，在阿尔卑斯山口）。如果有一天，我们把它也变成奥地利的塞默林式的游览胜地，它又会是什么样呢？会引来多少游人？

南麂遗梦

快艇像箭一样直指南麂岛，早就听说南麂岛的风光好，可一直没去过，这次总算要如愿以偿了。它是浙江最靠南的一个小岛，也是距台湾最近的一个小岛。在东海大陆架钻探石油的钻井平台，就在它的北面不远。

下了船，让我惊讶的是，海水怎么会那么的清？一位海洋专家告诉我，这水是没有污染的。陆地也没经过重金属的污染，可以说是一块"净土"，在当今这个世界上已经很少有了，哦，原来我来到了一个非常"干净"的地方！

海水和码头那边一样，也是浅绿色的，站在水里可以看到自己的脚和腿。沙滩是月牙形的，几百米长。这里全是贝壳沙，人走在上面，不会陷下去；人躺在上面，也不会沾沙子。我已经多年没到海边来了，我想起了大连、雷州半岛、青岛和北戴河，那里的水都没这里的好。我扑向大海，钻进它的怀抱，感到它也用力地拥抱我，抚摸我。海水冲掉了我身上的暑气，也冲掉了我初来乍到的那种陌生感，我活跃起来，这里叫"大沙澳"，还有四个海滩，听说也可以游泳。

人们告诉我，这里还有一个给宋美龄准备的住处，叫"栖凤居"，要去看看。我和他们爬上东北面的一个小山，在一堆乱草中，找到了那个用石块和钢筋水泥造成的房子。其实，说它是房子，还不如说它是"碉堡"更恰当些，因为考虑安全太多，考虑美观太少，它看起来怎么也不像一个"栖凤"的地方。但可以看出，"驻军司令"还是费了不少脑筋的。它有三间房子，两边是卧室，中间是会客厅；后面还有两间，一间是厨房，

南麂风光

一间是卫生间。1952年，宋美龄确实说过要带一个歌舞团来这个岛慰问国民党的"驻军"，可是后来并没有来，让他们白忙了一场。

宋美龄，"栖凤居"，这些名字听起来是多么遥远，又多么让人有沧海桑田之感！

宋美龄还在，在纽约的长岛。如果她想换换空气，到这个小岛来，她还可以住在这里。当然也有更好的地方供给她住。她愿意来吗？……

南麂岛不是一个孤岛，而是一个列岛，还有许多小岛围着它，而且许多岛都是可以上去的。它们当中有"鸟岛""蛇岛""蜈蚣岛""山羊岛"，还有一个岛上据说开的全是水仙花。转了一圈，也才知道南麂岛的周围全是被海水侵蚀的一个个海蚀崖、海蚀柱、海蚀穴、海蚀平台，到处都是铁黑色的悬崖峭壁，和狰狞可怕、怪模怪样的礁石。地貌发育成八嘴五舌，才成了贝藻类最佳的生长空间和理想的养殖之地。回到码头时，有人指着岛东面和我说，那里已被日本某个公司租去了，他们准备把它开发成一个"国际旅游度假村"，据说还有一个高尔夫球场呢。

三百多年前，郑成功曾在这里练过兵，为收复台湾做准备，后来明朝的皇帝就赐他朱姓，南麂的百姓也就称他为"国姓爷"了。一个叫西澳的地方被改为"国姓澳"了，澳北的小山也就叫"国姓山"了。听说原来还有一个"国姓庙"，庙里供着郑成功的塑像，我很想去看。还有一位老先生令人佩服，他叫王理孚。一百多年前他就想开发这个小岛，1912年终于筹集了两万元，组成了一个"南麂渔佃公司"，召集一些渔民上岛开垦。他自己也在山顶上盖一个草棚，起名叫"沧浪草堂"，亲自主持这个事。因为他的提倡，岛上的人多了起来，王老先生应该说是开发南麂岛的"先驱"，也是温州平阳鳌江的"张謇"，死于1950年。1942年日本侵略军来到这里，杀害了一百多人，1955年国民党离开这个岛时，把岛上的三千多居民都带走了，使这个岛又成为"空岛"，也把王老先生辛苦经营多年的成果化为乌有。现在的居民都是新中国成立后由瑞安、平阳、文成迁来的。

　　上了岸，我就去找"国姓庙"，但怎么找也没找到。王老先生来时还有的，怎么现在就没有了呢？只看见有几个渔民在一个地方烧香。在西澳海边的峭壁上，我看到一处摩崖石刻，上面有"官澳"两个大字，旁边还有"虎林"两个小字，据说那就是郑成功在时留下的。我很怀念他，也怀念王老先生，我觉得应该塑两个像来纪念他们。

　　晚上，洗过浴，躺在竹房里，听着海水的咆哮。我躺在竹床上，感到身上很凉快，很快就入睡了，这一夜，我梦见了郑成功，也梦见了王理孚和宋美龄。

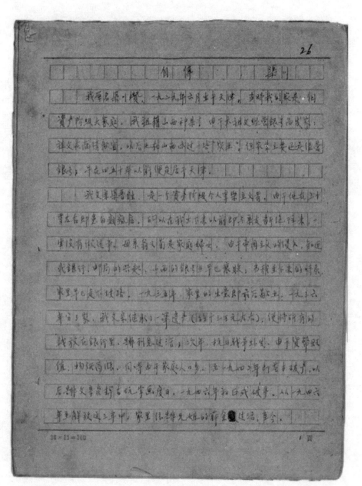

渠川手稿1

渠川手稿2

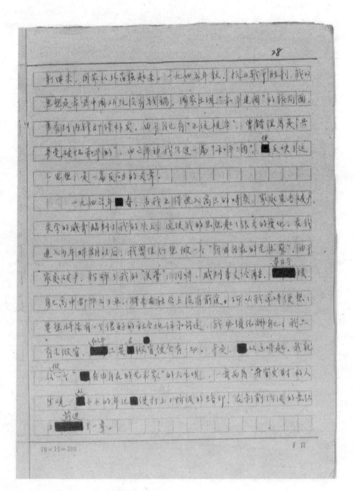

渠川手稿3

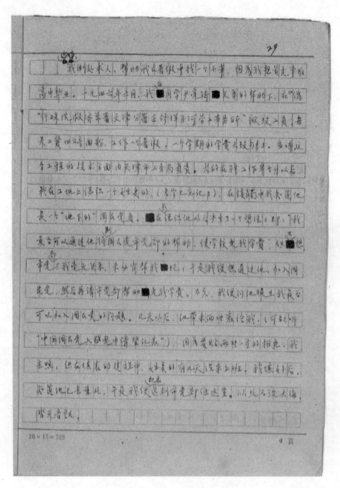

渠川手稿4

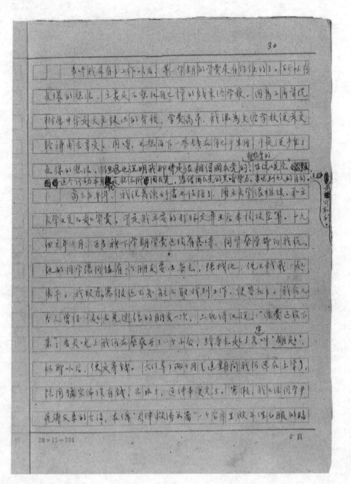

渠川手稿5

写作不是小事（代后记）

写作不是小事（代后记）

渠川先生住院后，我就开始等他的电话。我多么希望他能早日康复，又能接听到他的来电，依然是那朗朗的声音。谁料，今年（2022）5月27日下午，我等来的却是他永远离开我们的消息，他去了遥远的地方，去了一个陌生的世界。

认识渠川先生，是在2004年金秋十月。当时我在温州市龙湾区文联工作，牵头举办"名家看龙湾"文艺活动，他应邀参加。记得参加那次活动的温籍文化界前辈还有金江、吴军、瞿光辉、朱月瑜等，这也是一次高朋满座的聚会。写出了长篇小说《金魔》的作家渠川，已经七十五岁了，却身体壮实、气韵充足，无论端坐还是行走，都挺直腰板，说话字正腔圆，声音洪亮，颇有大家风范。我虽然早知他的大名，但从那次活动开始，我们才有了接触、交往。

2011年我调到温州市文联工作，渠川先生是市文联的离休干部，我到上陡门九组团的家里看望他。那年他的另一部长篇小说《官痛》顺利出版。他消瘦了一些，颧骨凸起，上颌牙齿掉了几颗，走路

少年渠川

也不再大步流星了。他说老伴身体不好，需要他悉心照顾，有些辛苦。

2019年深冬的一天上午，我去看望他，他的老伴已长期住院，他每周除了去一趟超市买东西，到医院陪一会儿老伴，就一个人居家过日子。那一天，我们开始了马拉松式的长谈，从上午十点一直聊到下午五点，我们的话题还没有结束，于是，我们约定第二天接着聊。就这样，我们居然一连聊了六天，每天都是从上午十点开始，到下午四五点结束，中间我们没有吃午餐，甚至没有喝一口水（渠川先生没有泡茶、倒水，我也没有带）、上一趟厕所。这么长时间的"干聊"，我们没有感觉到疲惫，心情始终是愉快的。渠川先生说："志趣相投的人在一起交谈会忘记时间和饥饿。"这六天里，他把自己曾祖父、祖父的传奇和他自己一生的经历，详详细细地讲给我听，他讲得那么激情澎湃，兴致十足。

渠川祖籍山西祁县，家世显赫，曾祖父渠源浈是祁县的票号财东，与本族兄弟创办了百川通票号和存义公票号，独资创办了三晋源票号，成了山西著名的资本家、最早的实业家。光绪元年（1874），渠源浈捐资而得员外郎，并在刑部广东司做了一年半的"实官"。渠川的祖父渠本翘热衷科考进学，光绪十八年（1892）进京参加殿试得了进士，任内阁中书；光绪二十九年（1903），以外务部司员的身份任驻日本横滨领事；宣统元年（1909），渠本翘被清政府任命为"三品京堂候补"，不久被授予"典礼院直学士"（正二品）之衔。然而，渠源浈因看透了朝廷的冷酷、官场的无情，一直极力反对长子渠本翘一心为功名从而走在仕途上，他要求长子继承他的票号生意，实实在在地做个大商人。而渠本翘对做生意毫无兴趣，听见噼里啪啦的算盘响就头疼，他违抗了父亲的意愿，一心读着圣贤书，努力跻身在官场来实现自己的人生价值。渠川笔下的《金魔》，写的就是渠源浈和渠本翘父子俩

渠晋钰、翁之菊夫妇与子女合影，右一为渠川

民國卅二年四月卅芳攝

少年渠川

青年渠川

在"从商"还是"求官"两种思想观念和人生道路上所发生的激烈冲突。

渠本翘最终还是摆脱了父亲的羁绊，在官场上弃旧图新、追求真理，他跟随康有为、梁启超，与"戊戌六君子"成为好友，给予在变法上的资金帮助。他多么希望中国也像日本那样变法成功，工业革命风生水起，社会发展日新月异，同时也可大展他的人生宏图。可是，资产阶级维新派究竟敌不过以慈禧太后为代表的顽固派势力，打破不了铁桶一般禁锢的沉闷时局，变法就像一场绚丽的火焰，刚一绽放就凋零了。渠川笔下的《官痛》，写的就是渠本翘在变法图强过程中的热血沸腾和坚强决心、变法失败后的心力交瘁和痛苦万状。

宣统三年（1911）辛亥革命爆发，推翻了清朝统治，渠本翘举家迁往天津。民国八年（1919），渠本翘在赴友人酒宴时猝然去世，远在山西祁县的渠源浈在《大公报》上看到儿子去世的消息，便病倒在床，于次年春去世。渠家的顶梁柱相继轰然倒下，还在上海圣约翰大学念书的渠晋銈，是渠家的长子长孙，就要撑起这个家了。渠川的父亲渠晋銈、母亲翁之菊（翁同龢家族的后人），都出生在北京，成长于天津。渠晋銈突然要当家，一点思想准备都没有，他勉强支撑着这个富贵门第。

1929年，渠川出生在这个贵族家庭，小时候叫渠川瓒。他的童年是五彩缤纷、美好新奇的；在中学时代，他爱上了文艺，特别对文学产生了浓厚的兴趣，写了许多小故事。1937年抗日战争全面爆发，通货膨胀失控，早已不做票号生意的渠家没有不动产，没有经营，坐吃山空，日渐穷困潦倒，后来到了生活无着的地步。这时候，渠川通过自己的努力，考到了北平的燕京大学就读。1948年，正处在青葱岁月的渠川一腔热血，胸中满怀革命的理想，他放弃了大学学业，参加了中国人民解放军。他在部队里发现朱德、贺龙、陈毅等赫赫有名的将军都是单名，也把自己

中年渠川

姓名中的"瓒"字去掉，他要像他们一样，驰骋战场，为国立功。

渠川讲家世、忆亲人、怀远方，回首以往，往事并不寻常。他对这些人与事有切身的感情，讲述中流露出亲切感，营造了一种温暖的氛围，让我这个唯一的听者沉浸其中，不胜感慨。

1949年1月，渠川被调到解放军第四十军政治部，从事记者、翻译等工作，虽然是文职，不是拿枪打仗，但他同样要出没在硝烟炮火之中，穿插在枪林弹雨之间。他先后参加了解放武汉、湖南、海南岛战役和抗美援朝战争等，那些炮火弥天的战线和盖满硝烟的坑道，那些同过生死的战友和家喻户晓的英雄，那些血与火、生命与牺牲，总在他的心里唤起一种特别的情感。

在战场上，笔与枪一样重要，同样是锋利的。渠川在战场上除了出色完成本职工作外，文学的梦想也一直在心中酝酿。1949年年底，第四十军从广西进入雷州半岛，为解放海南岛做准备，

渠川根据了解到的海上练兵和夜间海上编队的诸多素材，写成短篇小说《一心向党》。渠川写这篇小说学的是张天翼的写法，张天翼的小说很有特色，特别是写实主义和运用丰富的"大众语言"，让其作品独具一格。渠川在作品中也吸收民众和士兵的语言，对话灵活，他还学张天翼写短句子，不用惊叹号，写得简练明白。这篇小说发表在1951年1月号的《人民文学》上，此后几年，《一心向党》获了一些奖项，被编入多本书刊中。渠川也踏进了文坛。

渠川在战场上经受了锻炼和考验，精神得到了洗礼，思想得到了升华。1953年抗美援朝结束，身为志愿军第四十军敌工科干事的渠川回到祖国的怀抱，到解放军一一九师政治部当干事，参与了大型丛书《志愿军一日》和《星火燎原》的编辑。同时，他也创作了不少文学作品，其中《生命不息，冲锋不止》还被选入教材。1957年，渠川认识了在沈阳航校卫生科当医生的温州姑娘周玉华，并很快建立恋爱关系。

1960年，周玉华调回家乡工作。第二年春天，渠川来到了温州，这是他第一次来温州，在周玉华家里吃过一顿丰盛的晚餐，就算结婚了。新婚妻子希望他调到南方工作，渠川回北京后找领导要求，没有成功。几年后，"文革"开始了，他要参加一个接一个的运动，一直到1970年1月，渠川复员，夫妻俩终于在温州团聚。渠川先在温州渔业机械厂工作，熬过了"文革"，迎来了改革开放奋进的年代。1981年，渠川调到了温州市文联，任文联秘书长、党组成员。

老年渠川

渠川在"文革"期间停止了写作，但他没有蹉跎岁月，他热爱生活，等待时机。到温州市文联工作时，他已经五十二岁了，年逾知天命，他把文联工作与文学创作合二为一，倾力推进。文学创作于他不只是一种爱好，而是事业的一种追求，他接连写出了反映小学老师生活的短篇小说《笑》和描写抗美援朝俘虏工作的中篇小说《皇帝陵墓和战俘的坟》，发表后都有很好的反响，这"一短一中"便成了他创作长篇小说《金魔》前的"试水"。

渠川像

　　1985 年开始，渠川用了两年时间到北京、太原、晋中等地实地考察、采访，并阅读了大量清朝小说、历史典籍、传说故事，又用了三年时间完成了《金魔》的写作。渠川说："我在创作《金魔》时，一天最多写三个小时。早晨起来，我要想很长时间，想好了以后才动笔，我是用写诗歌的劲头来写长篇小说，每一句话、每一个词，甚至每一个标点，都反复推敲。写好了一章，我又不厌其烦地修改。可能是过于认真了，创作进度有点慢，但写作不是小事，我快不起来。"1990 年 9 月，《金魔》由海峡文艺出版社出版发行，这是温州市第一部长篇小说。

　　《金魔》面世后引起中国文坛的高度关注，评论如潮，评论家普遍认为，这是我国第一部反映票号的长篇杰作，同时也构筑了当代温州文学新的高峰。1994 年，《金魔》被改编为电视连续剧《昌晋源票号》，在中央电视台多个频道连播了三个月，那三

渠川像

个月，山西出现千家万户共同追剧的景象，光明日报社文艺部、中央电视台影视部牵头召开研讨会。

见《金魔》好评如潮，有关部门和出版社要求渠川抓紧创作"续篇"。渠川却耐着性子，不改变写作节奏，不急于下笔。他又去北京、天津、山西等地调查，更加深入地了解祖父渠本翘的生活、工作情况，搜集他的故事。有人催他趁《金魔》的好势头完成"续篇"，包括《金魔》的责任编辑也来信催他。他说："不行，写作不是小事，我得慢慢来，做足了功课才能下笔。我不追求快，只追求好。"就这样，他的第二部长篇小说《官痛》写了十五个春花秋月和夏暑冬寒（包括前期的准备工作，从1993年到2008年）。渠川跟我说："当时出版《金魔》时，我交给出版社的是手写稿，排字工人排错了许多字，校对也没有校出来，这一本《官痛》，都是我自己打字，尽量做到不出现一个错字。为此，我通过熟人买来一台日本产的台式电脑，学习了电脑打字。"2011年1月，《官痛》由上海文艺出版社出版发行。

渠川的两部长篇小说破茧而出，化蛹为蝶。其实，这也是从他内心深处盛开的文学之花，芬芳弥漫在温州，也弥漫到北京、天津、山西等北方省市。在他的文学之花开得最为绚丽的时候，他已经进入了耄耋之年，而且，一直支持他写作的爱人周玉

作者（左一）与同事潘一钢（右二）、金晓敏（右一）看望渠川（左二）

华，也年事已高，卧病在床。

渠川原本计划创作"渠家三部曲"，因为祖父渠本翘更加精彩的故事还在后头。渠本翘从日本横滨回国后，正值清政府废科举，兴学堂，他就到山西大学堂当监督（校长），在老家祁县的昭馀书院（祁县古称昭馀）旧址创办祁县中学堂，并附设蒙养学堂；他团结当地官绅，发动历史上有名的山西"保矿运动"，最终从英商手中赎回了矿权。渠川想通过"渠家三部曲"，探求和展示那个多灾多难时代的问题和

作者（左）与温州市文联主席杨明明（右）看望渠川

矛盾，为中华民族的自我反思提供鲜活生动的材料，也使得渠家的故事更为波澜壮阔、荡气回肠。令人遗憾的是，渠川没能写出第三部长篇小说，所留下的只是一个粗略的提纲，仅仅画了一个轮廓。他说："我始终觉得'作家'这个称呼是很崇高的，写作确实不是小事，我老了，没有精力了，写不动了。并且，我老伴生病了，我的心也不再平静，写作是需要全身心投入的。"

这几年，渠川先生足不出户，形只影单，他没有写作，关注着疫情，每天拿一张白纸，记录全国乃至全球疫情的变化情况，他在关注中消磨着光阴，日子过得悄无声息。而我看他这几年越来越消瘦苍老了，问他的身体状况，他说其他都还好，就是牙齿掉光了，假牙又经常脱落，咀嚼功能丧失，吃饭很是费劲。每餐都吃得很慢，吃得很少，还得吃软的东西，如南瓜汤、番薯汤、豆腐之类。一日三餐之后，夕阳也便落下，一天的生活也就过去了。

这几年，渠川先生时有给我打电话，电话那头，声音还是响亮的，我就少了一份担心。他也约我见面，有话要和我说。我们一见面又是一次长谈，五六个小时很快过去。我们除了聊他的家世和他的经历，也聊其他话题。他率性自然、天真可爱、快人快语，高兴起来开怀大笑，伤心了也不掩饰地掉下眼泪。记得有一次我们说到鲁迅，他说："我太喜欢鲁迅的小说了，不过最喜欢的不是《呐喊》，也不是《彷徨》，而是《故事新编》，读起来有意思极了，我恍然大悟，原来小说还可以这样写。他在《理水》里写大禹治水，把古代生活与现代生活融合在一起，把神话传说与现实社会杂糅成一个怪诞世界，鲁迅太能想象了。"说到这里，他孩童般地大笑，痛痛快快地大笑，笑声填满了房间的每一个角

作者（右）与渠川在一起

作者（左）给渠川先生送上"庆祝中华人民共和国成立70周年"纪念章

落。记得有一次我们说到孔子，他说："我一直很佩服孔子，他是春秋末期的人，死了二千五百年了，可他的书，大人小孩儿还在读，以前科举考试从他的文章中挑题，现在他的言语也经常出现在各类试题中，孔子确实伟大。"说到这里，他突然动了感情，潸然泪下。他默默地落了一会儿泪，哽咽着说："我怎么哭啦？莫名其妙。"他还喜欢跟我说："我拿一点历史资料给你看看，佐证我所说的不假。"于是就去书房里找"历史资料"。我也很享受与他无拘无束地聊天，我开始记录他的言谈，开始写关于他的文章，每发表一篇，我都拿给他看，他一律地高兴，言辞之间流露对我的赞许。这几年，我总共给他写了八篇文章，约五万字，我跟他说："这八篇文章串一串，可以给你编一本小传了，到时若能出版，你写一个序言。"他说："是可以编成一本书了，这八篇文章还是由我来串、我来改比较好。"我就把这些文章打印给他，他果真就动笔修改起来，还买了稿纸，改得比较多的地方，他要重新誊抄。

去年初夏的一天，渠川先生给我来电，说自己已搬到得月花园与女儿一起居住，得有她的照顾。半个月后的一个下午，我与温州市文联主席杨明明去看望他，他更加消瘦了，眼睛陷入眼眶，不过精神尚好。他说住到高楼里，上下楼不方便，就不再出去，怕跌倒摔跤。他说我给他的稿子已经改了大半，这些稿子可涵盖他一生的岁月，能成为他的小传。他说再给他一段时间，还要继续修改和誊抄，完成后与我联系。道别的时候，我握了握他的双手，他的手像枯萎的树枝，我感受到松弛的皮肤下是硬邦邦的骨头。这是我与渠川先生最后的一次见面与交谈。我与明明主席从得月花园出来时，晚霞已经隐没，灯火初上的温州城开始了夜的喧嚣与繁华。

世事无常，人生难测。去年12月份，渠川先生在家里摔倒了，左肩膀骨折，住院治疗。我准备去医院看望他，可是疫情原因，只好作罢。今年5月初，他身体得到一定的恢复，出院回家静养，可是两天后，他蜷缩在床上昏昏欲睡，神志不清，他女儿见状又连忙送他去了医院。2022年5月27日下午3时28分，渠川先生走完了丰富、精彩的一生，把生命定格，享年九十四岁。

他已属高寿，但当听到他去世的消息，我还是心绪难平，深深地惋惜，与他交往中的点点滴滴，一幕一幕地浮现在我的眼前，真可谓音容宛在、言犹在耳。

完稿于 2022 年 9 月 26 日

图书在版编目（CIP）数据

人生的川流：作家渠川的往事 / 曹凌云著. —沈
阳：春风文艺出版社，2023.8（2024.8重印）
ISBN 978－7－5313－6471－9

Ⅰ. ①人… Ⅱ. ①曹… Ⅲ. ①传记文学 — 中国 — 当代
Ⅳ. ①I25

中国国家版本馆CIP数据核字（2023）第127825号

北方联合出版传媒（集团）股份有限公司
春风文艺出版社出版发行
沈阳市和平区十一纬路25号　邮编：110003
永清县晔盛亚胶印有限公司印刷

责任编辑：孟芳芳　　　　　　封面设计：陈天佑
责任校对：陈　杰　　　　　　幅面尺寸：142mm × 210mm
印制统筹：刘　成　　　　　　印　　张：5.25
字　　数：140千字　　　　　印　　次：2024年8月第2次
版　　次：2023年8月第1版　定　　价：68.00元
书　　号：ISBN 978-7-5313-6471-9